Katelyn Faith

Mad About You

Novelle

Deutsche Erstausgabe

Januar 2014

Katelyn Faith

Postfach 100455
45404 Mülheim a.d. Ruhr

www.katelynfaith.de

katelyn@alphafrau.de

Sie finden mich auch auf Facebook:

www.facebook.com/autorinkatelynfaith

Cover unter Verwendung eines Motivs von
www.fotolia.de

Mad about you

Das Maß ist voll –Jonathan hat Lilly zum wiederholten Mal betrogen, jetzt will sie die Scheidung. Doch als sie den von ihrer Freundin empfohlenen Scheidungsanwalt Braden Bennet trifft, bleibt ihr fast das Herz stehen. Braden ist kein Unbekannter – vor fünf Jahren verbrachte sie eine heiße Nacht mit ihm. Und hat ihn seitdem nie ganz vergessen können.
Diesmal muss sie seinem Charme widerstehen, denn für beide steht viel auf dem Spiel ...

Trouble is my middle name
But in the end I'm not too bad
Can someone tell me if it's wrong to be so
Mad about you ...

(Hooverphonic, »Mad about you«)

Lilly

Unruhig wische ich meine feuchten Hände am Rock ab und schaue zum fünften Mal auf die Uhr. Die Blondine mit dem Schmollmund, die an ihrem Schreibtisch sitzt und ihre Fingernägel so argwöhnisch begutachtet, als ob sie Maul- und Klauenseuche befürchtet, wirft mir zwischendurch misstrauische Blicke zu.

Ich hasse es, zu warten. Warten macht mich nervös. Und ich hasse es, wenn ein Termin nicht eingehalten wird. Ich weiß, dass Braden Bennet einer der begehrtesten Scheidungsanwälte Londons ist und ich bin froh, überhaupt einen Termin bei ihm bekommen zu haben. Aber der ist eigentlich schon seit einer halben Stunde vorüber und ich fühle mich nach einem anstrengenden Tag im Büro reif für die Badewanne und ein kitschiges Buch. Ein Buch, das mich irgendwie wieder an die Liebe glauben lässt, nach den letzten fünf Jahren.

»Mrs Palmer? Mr Bennet wäre dann jetzt so weit.« Blondie steht ächzend von ihrem Stuhl auf und deutet mit perfekt manikürten Nägeln auf die geschlossene Bürotür neben ihrem Schreibtisch. Die Kanzlei in Kensington glänzt nicht gerade durch

Understatement, im Gegenteil. Riesige Kronleuchter mit funkelnden Kristallen hängen an stuckverzierten Decken. Der alte Parkettboden knarrt unter meinen Füßen und ich bin froh, heute nicht die neuen High Heels angezogen zu haben. Damit würde ich bestimmt winzige Löcher in Hufeisenform ins Holz bohren. Etwas unsicher bleibe ich vor der verschlossenen Eichentür stehen, dann klopfe ich sacht dagegen.

»Gehen Sie ruhig rein!« Die Sekretärin verdreht die Augen. Offenbar will sie endlich Feierabend haben, aber sie sieht im Gegensatz zu mir nicht aus wie jemand, der diesen in der Badewanne verbringt. Schon gar nicht mit einem Buch. »Mr Bennet erwartet Sie.«

»Das hoffe ich. Unser Termin war nämlich vor einer halben Stunde«, erwidere ich frostig. Die Tatsache, dass ich gleich vor einem wildfremden Mann die intimsten Geheimnisse meiner Ehe ausbreiten muss, macht mich unsicher. Und ich hasse es, unsicher zu sein. Nur kann ich diese Scheidung ohne intime Details nicht bewältigen, so viel ist sicher.

Meine Knie zittern ein wenig, als ich die schwere Klinke hinunterdrücke und die Tür sich geräuschlos nach innen öffnet. Dann fällt mein Blick auf den riesigen Schreibtisch vor dem Fenster. Auf den Mann, der dahinter sitzt und dessen Lächeln im Gesicht einfriert, als er mich sieht. Im Gegensatz zu mir fängt er sich sofort wieder und zeigt eine undurchdringliche Miene. Mein Herz setzt ein paar Schläge aus, ich schnappe schockiert nach Luft, bevor eine furchtbare Hitze mich durchströmt und in meine Wangen zieht.

Lieber Gott, mach, dass es nicht wahr ist! Ich träume hoffentlich?

»Mrs Palmer? Kommen Sie, setzen Sie sich.« Er hat dunkelbraune Augen, in denen bernsteinfarbene Irrlichter funkeln. Das weiß ich von damals. Tut er jetzt etwa so, als ob wir uns nicht kennen? Als wüsste er nicht, wie ich nackt aussehe? Welche Töne ich von mir gebe, wenn er mich mit Fingern und Zunge zum Kommen bringt? Was für ein dämliches Spiel. Ich habe ihm doch angesehen, dass er mich ebenso erkannt hat wie ich ihn!

»Das ist eine … Überraschung«, sage ich. Am besten, ich drehe mich um und gehe. Ernsthaft, ich kann ihn unmöglich meine Scheidung übernehmen lassen. Genauso gut könnte man einem berühmten Kriegsverbrecher den Friedensnobelpreis verleihen.

»Inwiefern?« Er zieht eine Augenbraue hoch, und mein Magen verkrampft. Wie von unsichtbaren Fäden gezogen gehe ich auf den Stuhl vor seinem Schreibtisch zu und lasse mich darauf fallen. Dann starre ich ihn verblüfft an. Das kann er nicht ernst meinen. Kann er es wirklich vergessen haben?

»Ich habe Ihrem Terminwunsch entnommen, dass es eilig ist. Richtig?«

»Ja. Ja, ist es«, stammle ich. Mein Gesicht glüht. Fahrig ziehe ich eine dunkelblaue Mappe aus der Handtasche und lege sie auf seinen Tisch, ohne nur eine Sekunde lang meinen Blick von ihm zu nehmen. Er starrt regungslos zurück.

»Dann wollen wir mal sehen, was ich für Sie tun kann.« Jetzt lächelt er. Freundlich. Meine Zehen kribbeln, ich schlage die Beine übereinander und wippe mit dem rechten Fuß auf und ab. Braden Bennet öffnet meine Mappe und wirft einen flüchtigen Blick auf die Unterlagen. Er nickt kurz, bevor er den Hefter wieder schließt und mich ansieht.

»Haben Sie Beweise für seine Untreue? Dann geht es tatsächlich schnell, und Ihre Aussichten auf eine hohe Abfindung stehen bestens. Ihr Mann ist schließlich ein vermögender Kollege von mir.«

Er verschränkt die Arme vor der Brust und kneift die Augen etwas zusammen. Mein Mund steht offen, was ich erst bemerke, als er trocken wird.

»Mr Bennet …«

»Vor fünf Jahren hast du mich Braden genannt«, sagt er leise und beugt sich ruckartig vor. »Und Gott. Oh mein Gott.« Seine Hände liegen jetzt auf dem Schreibtisch. Es sind schöne Hände. Lange, schlanke Finger. Saubere Nägel. Kein Ring. Und mein Körper erinnert sich genau daran, wie sie sich auf mir anfühlen. Mein linkes Augenlid zuckt, aber ich bin froh, dass er die Scharade nicht weiter aufrechterhalten will.

»Entschuldigen Sie, ich … ich hatte keine Ahnung, wer Sie sind. Meine Freundin hat Sie empfohlen, weil … Sie kennen meinen Mann sicher. Meinen Ex-Mann. Noch-nicht-Ex-Mann.« Himmel, mein Gehirn gehorcht mir nicht. Ich fange an zu plappern, wie immer, wenn ich aufgeregt bin. Das hat mich schon oft fast Kopf und Kragen gekostet und ist auch der Grund, warum ich nicht zur Anwältin tauge. Deshalb sitze ich in einem grauen Büro in einer Filmproduktion und bearbeite Verträge. Dabei kann man nicht viel falsch machen.

»Ich kenne deinen Mann, Lilly. Und natürlich erinnere ich mich an dich.« Meine Brust schnürt sich zusammen. Er nennt mich Lilly. Nicht Lilian. Weil ich mich damals ihm gegenüber so vorgestellt habe. Jonathan hat mich nie Lilly genannt, er fand den Namen albern und unpassend für eine erwachsene Frau.

»Ist das nicht ein seltsamer Zufall, dass du ausgerechnet mich bittest, dich vor Gericht zu vertreten?« Seine Augen funkeln. Ich weiß nicht recht, ob er sauer oder amüsiert ist. Dafür kenne ich ihn nicht gut genug. Ich weiß, wie er riecht. Wie er schmeckt. Wie er stöhnt. Wie er kommt. Oh Gott, das muss aufhören. Das geht so nicht. Ich springe vom Stuhl auf und beuge mich vor, um meine Mappe aufzunehmen.

»Sorry. Das ist wohl keine gute Idee ...« Mit einer heftigen Bewegung greift er nach meinem Handgelenk, bevor ich die Unterlagen aufnehmen kann. Ich stocke und halte den Atem an. Sein Gesicht ist mir sehr nah, er hat sich zu mir vorgebeugt und mustert mich eindringlich. Sein Blick geht mir direkt in die Eingeweide, und wie von selbst fällt meiner auf seinen Mund und bleibt daran haften. Ein wunderschöner, männlich geschwungener Mund. Er ist glatt rasiert, das war er vor fünf Jahren nicht. Damals zierte sein markantes Kinn ein sorgfältig gestutzter Bart. Ich weiß noch genau, wie er sich zwischen meinen Schenkeln angefühlt hat, und schlucke.

»Ist es Zufall, Lilly? Oder bist du absichtlich zu mir gekommen?« Ein Muskel in seiner Wange zuckt. Meine Hände werden feucht.

»Glaub mir, wenn ich gewusst hätte ... Ich hatte keine Ahnung. Wirklich nicht«, sage ich leise. Wir sehen uns schweigend in die Augen, dann lässt er mein Handgelenk endlich los und ich weiche aufkeuchend zurück.

»Du bist einfach verschwunden damals«, sagt er. Er klingt verletzt. Ich ziehe die Brauen hoch und richte mich auf.

»Es war ein One-Night-Stand. Und du hast nicht den Eindruck gemacht, als ob du an mehr als Sex interessiert gewesen wärest.« *Außerdem habe ich drei Tage später geheiratet.* Heilige Mutter! Das wird er in den Unterlagen gesehen haben, falls er sich überhaupt an das Datum erinnert. Ich habe mich jahrelang daran erinnert, weil es der beste Sex meines Lebens war. Meine Beine werden weich, und ich setze mich wieder.

»Was machen wir jetzt?«, frage ich hilflos. Braden reibt sich das Kinn. Sein Blick wandert durch mein Gesicht, bleibt an meinen Lippen hängen und gleitet tiefer. Er sieht mir ins Dekolleté, und ich bilde mir ein genau zu wissen, woran er gerade denkt. Ein Schauer läuft mir über den Rücken. Himmel, das ist die peinlichste Situation, seit mein Frauenarzt auf einem von Jonathans Empfängen auftauchte und mich vor anwesenden Gästen fragte, ob die Sache mit dem Pilz ausgestanden sei. Damals wollte ich im Boden versinken, jetzt wünsche ich mir einen Schleudersitz, der mich durch eins der bodentiefen Fenster nach draußen katapultiert.

»Du hast mich um Hilfe gebeten, und ich werde dir helfen. Wenn du willst. Dein Mann ist einer der Besten, also solltest du dir nicht weniger als das leisten, um möglichst viel Profit aus deiner *Ehe* zu schlagen.«

Die Art, wie er das Wort Ehe betont, gefällt mir nicht. Wütend beuge ich mich vor und suche seinen Blick.

»Ich bin kein Goldgräber, Braden. Wir haben uns mal geliebt, Jonathan und ich. Vor vielen Jahren. Aber jetzt kann ich nicht mehr. Es geht mir nicht um Profit. Es geht mir darum, einen Strich unter die Sache zu ziehen.«

Seine Lippen kräuseln sich. »Seltsam. Du glaubst nicht, wie oft ich das höre. Und wie oft dann eben diese Frauen vor mir sitzen und akribisch die Vermögenswerte ihrer Ehemänner darlegen.«

Wut steigt in mir auf. Okay, es mag verständlich sein, dass man als Scheidungsanwalt desillusioniert wird von der Ehe. Von der Liebe. Und vielleicht kann ich Jonathan nicht einmal einen Vorwurf machen für sein Verhalten. Schließlich ist er nur ein Mann, und wenn sich denen eine Gelegenheit bietet ... Doch ich muss mich von ihm nicht so behandeln lassen.

»Dann muss ich mir wohl einen anderen Anwalt suchen. Tut mir leid, deine Zeit in Anspruch genommen zu haben.« Ich erhebe mich, aber seine schneidende Stimme lässt mich zusammenfahren.

»Setz dich, Lilly.« Gehorsam folge ich und starre ihn verblüfft an. In meinem Unterleib zieht sich etwas zusammen, sein Ton war harsch und dominant.

»Es tut mir leid. Ich verstehe, dass dein Mann dich verletzt hat. Ich weiß, dass er sehr vermögend ist. Also sollten wir gemeinsam eine Millionenabfindung für dich herausholen. Eine Art Wiedergutmachung.«

Ich atme tief ein. Und aus. Und wieder ein. »Braden, wirklich, ich bin nicht hier, um ...«

Er schlägt mit der flachen Hand auf den Tisch und schüttelt den Kopf. »Ich habe die Nacht nie vergessen, Lilly. Kannst du dir das vorstellen? Es war nur eine Nacht, aber ich habe dein Parfum sofort wiedererkannt, als du hereingekommen bist. Noch bevor mein Gehirn registrierte, wer du bist, hat mein Körper schon auf dich reagiert.«

Meine Wangen werden heiß.

»Ich habe sie auch nie vergessen«, sage ich ruhig und sehe ihm in die Augen. Er hat wunderschöne Brauen, die einen perfekten Bogen bilden. Lange und dichte Wimpern, so dunkel wie das Haar auf seinem Kopf, das sich seidig anfühlt. Das weiß ich. Jedenfalls fühlte es sich damals seidig an. Ich befeuchte die Lippen und setze zu einer Erklärung an, stocke aber im letzten Moment. Weil mir nicht ganz klar ist, was ich sagen will. Zwischen meinen Beinen fängt es leise zu pochen an. Es ist eine Sache, einen Mann zu treffen und sich vorzustellen, mit ihm zu schlafen. Doch es ist etwas anderes, jemanden wiederzusehen, von dem man genau weiß, wie er im Bett ist. Mit dem man diese gewisse Magie gespürt hat, die angeblich so selten ist. Eine perfekte Harmonie. Jede Bewegung ein sinnlicher Tanz, ohne darüber nachzudenken, was man da gerade tut. Diese Selbstverständlichkeit, mit der sich Lippen und Finger auf Körperteile legen, die den meisten anderen Menschen vorenthalten bleiben.

Und es war ein verdammter Fehler, nach einer solchen Nacht einen anderen zu heiraten. Das wird mir in diesem Moment klar.

Braden

Verdammte Scheiße! Als die Tür aufging und der Duft von *Coco Mademoiselle* in meine Nase drang, glaubte ich, zu träumen. Dann sah ich sie, und mein Körper verkrampfte sich. Es ist unglaublich. Fünf Jahre habe ich den größten Fehler meines Lebens bereut. Fünf Jahre habe ich gelegentlich an dem Parfum in meinem Bad geschnuppert, um die Erinnerungen zurückzuholen. Ich habe eine Parfümerie-Mitarbeiterin in Chelsea in den Wahnsinn getrieben, weil ich drei Stunden an jedem Flakon gerochen habe, den der Laden zu bieten hatte. Bis ich endlich ihren Duft fand. Diesen Duft. Und jetzt sitzt sie vor mir, in meinem Büro, und riecht so, wie sie damals roch.

Sie hat sich verändert. Sie wirkt nicht mehr so ausgelassen, aber wir sind beide gealtert in den letzten fünf Jahren. Wie alt mag sie sein? Dreißig? Zweiunddreißig? Ich werde es herausfinden, soviel ist sicher. Ihre Scheidungsunterlagen liegen vor mir auf dem Tisch.

Falls Jonathan dahintersteckt, dass sie ausgerechnet mich um Hilfe bittet, werde ich ihm jeden Penny aus der Tasche ziehen, den ich kriegen kann. Als Wiedergutmachung. Und wenn Lilly jemals herausfindet, was damals wirklich geschah, warum ich an jenem Abend in dieser Bar saß und mit ihr flirtete, werde ich sie für immer verlieren. Es darf nicht passieren. Wäre es besser, die Vertretung vor Gericht abzulehnen? Dann riskiere ich nur, sie nie wiederzusehen. Ihre Reaktion war deutlich. Das Zusammentreffen mit mir ist ihr offensichtlich peinlich. Kein Wunder, wenn man bedenkt, dass sie sich nur wenige Tage vor ihrer Hochzeit auf einen heißen One-Night-Stand eingelassen hat.

»Ich werde dich vertreten, Lilly. Und ich werde sicherstellen, dass du alles bekommst, was dir zusteht. Und mehr. Aber dazu wirst du mir ein paar Dinge erzählen müssen.«

Mein Körper spannt sich an. Ich bin mir nicht sicher, ob ich es hören will. Ob ich es ertragen kann. Ich kenne ihren Mann besser, als sie glaubt. Oder auch nur ahnt. Trotzdem muss ich es von ihr hören. Die ganze Angelegenheit ist so heikel, dass mein Verstand mir einflüstert, es sein zu lassen. Ich weiß, dass er recht hat, aber etwas in mir wehrt sich dagegen. Ich will sie nicht wieder loslassen. Ich will nicht, dass sie mir wieder durch die Finger gleitet wie warmer Sand. Diesmal will ich sie festhalten. Ich brauche eine Chance. Nur eine.

»Weißt du noch, wie wir getanzt haben damals?« Sie lächelt traurig. Das tiefe Grübchen in ihrer Wange wird sichtbar und verursacht Wärme in meinem Bauch. »Im Regen?«

»Als ob ich das vergessen könnte.« Meine Stimme klingt heiser, aber ich räuspere mich nicht. Wir haben uns beide vorgebeugt, der riesige Schreibtisch trennt uns voneinander wie eine Schlucht. Trotzdem bin ich ihr nah. Jetzt, nachdem ich mich fünf verdammte Jahre lang dafür in den Arsch getreten habe, mich auf diese Sache eingelassen zu haben. Ich war ein verfluchter Idiot und hätte ihre Hochzeit verhindern sollen. Sie retten, bevor er ihr Rückgrat und ihr Selbstvertrauen vernichten konnte. Ich habe es nicht getan, weil ich zu feige war, und ich bereue es noch heute.

Sie summt leise vor sich hin. *I'm singing in the rain.* Ich sehe ihre vor Freude funkelnden Augen von damals vor mir. Smaragdgrün. Wie die einer Katze, betont von schwarzer Mascara und einem feinen Lidstrich, den man nur aus der Nähe sieht. Er macht ihren Blick so unglaublich lasziv, dass jeder Mann in ihrer Gegenwart nur an eins denken kann. Ich erinnere mich an die langen roten Locken, die nass in ihrem Gesicht klebten. Heute ist ihr Haar hochgesteckt, aber ich weiß, wie es sich anfühlt. Wie es duftet. Meine Hand juckt. Ich will die Spange lösen und zusehen, wie die feurige Pracht über ihre Schultern fällt. Will meine Finger darin vergraben und meine Nase. Ihre Bluse aufknöpfen und diese wunderschönen, kleinen Brüste lieben. Mit jedem einzelnen Körperteil.

»Wir sind erwachsene Menschen, nicht?«, fragt sie. Ihr Mund ist leicht geöffnet. Dieser herzförmige, dunkelrote Mund, von dem ich weiß, wie er aussieht, wenn mein Schwanz darin steckt. Die Erinnerung lässt mich hart werden und ich stöhne innerlich auf, als mein bester Freund heftig gegen die Anzughose zuckt. Sollte sie jetzt gehen wollen, könnte ich sie leider nicht zur Tür begleiten.

»Das sind wir wohl«, murmle ich und drehe meinen Montblanc-Füller hin und her. Unsere Blicke verhaken sich wieder. Ich sehe ihr an, dass auch sie sich erinnert. An jedes Detail. So wie ich. Für einen Moment scheint die Luft in meinem Büro zu vibrieren. Unsichtbare Funken elektrisieren mich, und mein Kehlkopf schmerzt, als ich hart schlucke.

»Wir sollten damit umgehen können. Was meinst du?«

»Ich bin der beste Anwalt, den du für sein Geld kriegen kannst«, sage ich selbstbewusst lächelnd. Ihr Gesicht erhellt sich.

»Das kann ich mir vorstellen. Du kannst ... sehr dominant sein.« Ihre Wangen werden rot. Ich stelle fest, dass mein Blick erneut an ihren Lippen hängt. Wir teilen dieselben Gedanken in diesem Moment, da bin ich mir sicher. Ich bin mir auch sicher, dass sie das Wort nicht grundlos gewählt hat. *Dominant.* Meine Handfläche juckt, ich reibe sie so diskret wie möglich an meinem Oberschenkel. Ihr Gesicht glüht inzwischen, und ich kann mich kaum auf dem Stuhl halten, weil ich weiß, welcher Film gerade in ihrem Kopfkino läuft.

»Wir haben uns im Griff, Lilly«, sage ich leise. »Zumindest, solange du dich im Griff hast.«

Sie seufzt. »Dann haben wir ein Problem. Wenn mir jemand eine Praline gibt und mir sagt: Wenn du wartest und sie nicht gleich isst, kriegst du nachher eine ganze Packung davon ... Ich sag‘s mal so: Ich hätte noch nie eine ganze Schachtel bekommen.«

»Es freut mich, dass du mich mit einer Praline vergleichst.« Schmunzelnd lehne ich mich im Stuhl zurück und überkreuze die Füße. »Als du hereinkamst, sahst du eher so aus, als ob du eine Syphilis-Erkrankung diesem Treffen vorgezogen hättest.«

Sie lacht, zum ersten Mal, seit sie durch die Tür gekommen ist. Und ihr leises, zurückhaltendes Lachen wirkt auf mich wie ein Dutzend frischer Austern.

»Ehrlich gesagt ... Ich habe nicht damit gerechnet, dich je wiederzusehen. Ich wusste ja nicht mal, dass du Anwalt bist. Ich kannte nur deinen Vornamen. Wie hätte ich also ...?« Sie beißt sich auf die Lippe und senkt den Blick. Starrt auf meine Hände, die immer noch den Füller umklammern.

Und du wusstest nicht, dass dein Mann dich sehr leicht zu mir hätte führen können. Dass ich sogar auf deiner Hochzeit gewesen wäre, wenn diese Nacht nicht passiert wäre.

»Was du wissen musst, findest du in den Unterlagen. Vorerst. Melde dich einfach, wenn du dich entschieden hast.«

»Lilly ... es ist deine Entscheidung. Ich habe meine längst gefällt.«

»Dann ... soll es so sein.« Sie steht auf und lächelt. Als sie mir die Hand entgegenstreckt, fällt mir auf, dass ihre Nägel ganz natürlich sind. Sauber, aber nicht lackiert. Nicht einmal in diesem angeblich so natürlichen French Look, den Frauen bevorzugen. Ich liebe das.

Ihr Händedruck ist fest, doch ich fühle, dass ihre Finger feucht sind. Meine nicht. Ich bin Anwalt und stehe so häufig vor Gericht, dass ich meine Gefühlsregungen sehr unter Kontrolle habe. Auch wenn mein engster Freund mir hier einen Strich durch die Rechnung machen will. Ihn kriege ich noch in den Griff. Kein Problem. Schließlich bin ich professionell und kann mit der Situation umgehen.

»Bis bald. Ich melde mich, sobald ich mich durch eure Papiere gearbeitet habe.«

Sie nickt, zieht ihre Hand zurück und verlässt mein Büro. Als die schwere Tür hinter ihr ins Schloss fällt, lasse ich mich auf meinen Stuhl zurückfallen. Vergrabe die Stirn hinter den Handflächen. Dann schlage ich einmal kräftig mit der Faust auf den Schreibtisch, sodass die Gläser darauf klirren.

Verfluchte Scheiße. Das hier wird kein gutes Ende nehmen. Niemals. Jedenfalls für mich nicht. Ich sollte mir vornehmen, dass es zumindest für sie gut ausgeht. Ich glaube, sie hat es verdient.

Lilly

»Was willst du damit sagen, du hast mit ihm geschlafen?« Kristen schiebt eine lange blonde Strähne hinter ihr Ohr und reißt die Augen auf. »Mit Braden Bennet? Wieso? Und wann, in Gottes Namen?«

»Vor fünf Jahren.« Ich knibble mit beiden Händen das Etikett von der Weinflasche, die neben der Kerze zwischen uns steht. »Kurz bevor ... kurz bevor Jonathan und ich geheiratet haben.«

»Ach du Scheiße.« Kristen stößt geräuschvoll Luft aus. »Weiß Jonathan, dass du ihn betrogen hast? Mit ihm?«

Ich schüttle den Kopf. »Nein. Und das darf er auch nicht erfahren, sonst kann ich mir den Gang vor Gericht gleich sparen.«

»Na ja, es war vor eurer Ehe, daher zählt es wohl nicht für die Schuldfrage.« Kristen legt den Kopf schief und streckt eine Hand über den Tisch, um meine zu greifen. »Hey, mach dir keinen Kopf! Braden ist vernünftig, er kann damit ganz bestimmt umgehen. Und er ist eindeutig der beste

Scheidungsanwalt, den ich dir besorgen kann. Der Rest meiner Kollegen ...« Sie hebt beide Arme und lässt sie fallen. »Du hast mit Jonathan natürlich den härtesten Gegner. Also brauchst du jemanden, der es mit ihm aufnimmt. Und ich bin mir sicher, dass Braden das schafft.«

»Ja, bestimmt.« Meine Stimme klingt verzweifelt. Langsam halte ich das abgeknibbelte Etikett in die Kerzenflamme und sehe zu, wie es nach kurzem Glühen zu schwarzem Staub zerfällt. Ein beißender Geruch dringt mir in die Nase. »Aber es ist wirklich ... seltsam.«

»Ich kann dich ja verstehen.« Kristen grinst. »Er ist scharf. Wenn er nicht so ein fieser Hund wäre, könnte ich sogar in Versuchung kommen.«

Ich muss lachen. »Bist du schon mal gegen ihn angetreten, vor Gericht, meine ich?«

Sie nickt. »Oh ja. Und ich habe kläglich verloren. Eine meiner schlimmsten Erfahrungen.« Dann beugt sie sich über den Tisch und senkt die Stimme. »Oder hast du Angst, es könnte wieder was passieren? Mit euch, meine ich?«

Erschrocken hebe ich beide Hände. »Nein, um Gottes willen! Glaub mir, ich habe fürs Erste genug von Männern. Außerdem wäre das tödlich für meine Aussichten.«

»Ja, das wäre es. Schließlich geht es um ziemlich viel Kohle.« Kristen rümpft die Nase und nippt an ihrem Rotwein. Die Weingläser in dem kleinen italienischen Restaurant sind so groß, dass man die ganze Flasche auf einmal hineinschütten könnte, ohne einen Tropfen zu verschwenden. Im Gegensatz zu Kristen schaffe ich es nicht, meines elegant am

Stiel zu halten und greife stattdessen mit beiden Händen um das bauchige Glas.

»Auf wie viel klagst du?« Kristen sieht mich neugierig an. Ich zucke mit den Schultern und trinke einen Schluck Wein.

»Das weiß ich nicht. Die Hälfte seines Vermögens, schätze ich. Aber wie viel das genau ist ... keine Ahnung. Er hat sich ja in den ganzen Jahren nie in die Karten gucken lassen.«

Kristen lacht. »Das sieht ihm ähnlich, dem alten Fuchs. Braden wird das für dich rausfinden, glaub mir. Das ist seine Spezialität! Er hat schon vielen betrogenen Ehefrauen zu ihrem Recht verholfen.«

Zu ihrem Recht ... Mein Magen verkrampft sich. Ich bin selbst Juristin, wenn auch keine besonders erfolgreiche. Im Gegensatz zu Kristen, die in einer Kanzlei als Partnerin arbeitet, habe ich die Sicherheit und Bequemlichkeit einer Angestelltenposition vorgezogen. Weil mir meine Freizeit wichtig war, und weil ich glaubte, bald Mutter zu werden. Mutter von Jonathans Kindern. Wie sehr man sich doch täuschen kann.

Ich leere mein Glas in einem Zug und stelle es so heftig auf den Tisch zurück, dass er sanft wackelt. Kristen zieht eine Braue hoch, sagt aber nichts.

»Ich bin auf Jonathans Geld nicht angewiesen. Am liebsten würde ich meine Ansprüche ablehnen, wenn er dafür einer schnellen Scheidung zustimmt. Ich will endlich wieder frei sein.«

Kristen rümpft die Nase und mustert mich eindringlich. »Lilly, das wäre nicht nur dämlich von dir, sondern ... ach, mir fällt gar kein passendes Wort dafür ein. Du warst fast fünf Jahre mit ihm verheiratet. Du solltest nehmen, was du kriegen kannst. Zum Teufel, früher warst du auch nicht so rücksichtsvoll. Ich hatte dich eigentlich immer als harte Staatsanwältin gesehen, aber in den letzten Jahren hast du dich echt nicht gut entwickelt. Manchmal kommst du mir vor wie ein Teenager. Oder wie deine Mutter.«

Ich muss lachen. »Lass meine Ma aus dem Spiel«, scherze ich mit dem Weinglas drohend und lehne mich im Stuhl zurück. »Sie ist prima, so, wie sie ist.«

»Klar. Für dreckige Schuhe wäre sie perfekt. Als lebendiger Fußabtreter. Aber sonst ...« Kristen hebt die Schultern und schenkt uns Wein nach. Der letzte Tropfen, der sich aus der Flasche quält, fällt in mein Glas. »Noch eine?«

»Nein, lass mal«, winke ich ab. »Ich glaube, das reicht mir für heute. Ich möchte dringend auf meine Couch. Aber danke, dass du dir so spontan Zeit für mich genommen hast.«

»Hey.« Kristen greift nach meiner Hand und drückt sie. »Das ist doch klar. Du bist meine beste Freundin, Lilly. Seit Jahren.«

»Ich bin deine einzige Freundin«, erwidere ich und zwinkere ihr zu. »Vor lauter Ehrgeiz hast du irgendwie vergessen, dich um dein Privatleben zu kümmern. Und das bezieht sich nicht nur auf deinen fehlenden Ehemann.«

»Ich brauche keinen Mann, der mich nicht ausreden lässt, mich betrügt und im Urlaub die Restaurantrechnung mit mir teilt«, erklärt sie bitter, und ich zucke zusammen. Sofort ziehe ich meine Hand zurück.

»Meinst du das ernst?«, frage ich sauer. Gut, ich habe selbst kaum ein gutes Haar an Jonathan gelassen, seit ich weiß, dass er fremdgeht. Aber es ist ein Unterschied, ob *ich* so über meinen Ehemann spreche oder jemand anderes. So, wie sie es sagt, könnte man denken, er ist ein totaler Arsch. Nur wäre ich dann eine Idiotin, weil ich es so lange mit ihm ausgehalten habe. Und das bin ich nicht. Jonathan hat auch gute Seiten, obwohl er sich in den letzten zwei Jahren redlich Mühe gegeben hat, sie vor mir zu verbergen.

»Es tut mir leid, Lilly. Ich wollte dich nicht verletzen. Aber du weißt schon, was ich sagen will.« Sie trinkt einen Schluck, ohne mich anzusehen. Ihr Blick schweift durch das etwas düstere Lokal. Die meisten Gäste sind schon gegangen und der blasierte Kellner sieht aus, als ob er uns einen Magen-Darm-Virus wünscht, damit wir endlich auch verschwinden und er aufräumen kann. Hoffentlich waren die Meeresfrüchte auf den Spaghetti, die ich vorhin appetitlos gegessen habe, frisch. Mein Magen rumort, was vermutlich eher an der Aufregung von heute liegt.

»Hast du am Wochenende Zeit? Ich dachte, wir könnten am Samstag ausgehen oder so. So wie früher.« Lächelnd krame ich in meiner Handtasche nach dem Portemonnaie und winke ab, als Kristen ihres auf den Tisch legt. »Lass nur, ich hab dich eingeladen.« Kristen schüttelt den Kopf und steckt die Brieftasche wieder ein. »Danke. Am Wochenende kann ich leider nicht, sorry. Ich fahre zu meiner Familie.«

»Nach Schottland rauf? Schon wieder?« Ich staune sie an, während ich dem Kellner winke. »Du warst ganz schön oft oben in letzter Zeit, oder?«

Sie zuckt die Achseln. »Meinem Vater geht es nicht besonders. Der Hodenkrebs ist zurück und du weißt ja, wie er ist.«

»Das tut mir leid. Bestell ihm liebe Grüße von mir, ja?«

Ohne die Rechnung auch nur anzusehen, schiebe ich dem Kellner meine Kreditkarte hin und stehe auf, um meinen Blazer anzuziehen. »Dann vielleicht nächste Woche?«

»Ja, mal sehen.« Sie wirkt auf einmal fahrig. Wahrscheinlich deprimiert sie der Gedanke an ihren Vater, was ich sehr gut verstehen kann. Im Angesicht solcher Krankheiten erscheinen mir meine eigenen Probleme immer winzig. Wie ein lästiger Pickel oder ein Juckreiz, der einen zwar quält, aber nicht lebensbedrohlich ist. Ich bin gesund, ich habe einen vernünftigen Job und sollte zufrieden sein. Was bedeutet heutzutage schon eine Scheidung? Ich bin damit in bester Gesellschaft.

Draußen empfängt uns kühle Abendluft. Fröstelnd ziehe ich die Schultern zusammen und halte Ausschau nach einem Taxi.

»Bis bald.« Kristen nimmt mich in den Arm und drückt mich an sich. »Und viel Erfolg mit Braden. Wenn er dir an die Wäsche will, hau ihm auf die Finger.« Sie grinst mich an. Ihr Lippenstift ist kaum noch zu sehen, das Essen hat ihn abgewaschen. Aber ich finde sie viel schöner ohne das Make-up. Im Gegensatz zu mir hat sie das Zeug nicht nötig. Ich hingegen fühle mich ohne völlig neutral, von meinen rötlichen Haaren abgesehen. Sogar meine Klamotten sind in den letzten Jahren farblos geworden. Als ob ich mich in Unbedeutsamkeit auflösen wollte.

Als ein schwarzes Taxi mit leuchtendem Schild sich nähert, springe ich auf die Straße und halte meinen Arm hoch. Kristen wohnt in der Nähe und geht zu Fuß, aber ich wohne neuerdings in einer kleinen Wohnung in Camden. Das gesamte Apartment ist nicht viel größer als das Wohnzimmer in Jonathans Haus in Kensington, was egal ist. Denn es ist meins, ich bin frei dort. Und die Freiheit genieße ich, seitdem ich vor vier Wochen ausgezogen bin.

Nach einer halben Stunde Fahrt sind wir angekommen. Ich bezahle mit meiner Kreditkarte, schlüpfe aus dem schwarzen Wagen und eile auf die Haustür zu. In diesem Moment vibriert mein Handy in der Handtasche, und ich schaue verdutzt nach, wer mich so spät abends noch anrufen könnte. Die Nummer ist mir nicht bekannt, also gehe ich ran.

»Hallo?«

»Lilly? Hier ist Braden.« Ich hole tief Luft. Seine Stimme löst eine Gänsehaut bei mir aus. Was will er denn um diese Uhrzeit von mir? Mit einer Hand schließe ich die Haustür auf, klemme das Handy zwischen Schulter und Kinn und schaue in den leeren Briefkasten. Dann gehe ich die Treppe hoch in den dritten Stock.

»Braden. Tut mir leid, es ist spät und ich bin gerade erst nach Hause gekommen.« Und nicht mehr ganz nüchtern, stelle ich innerlich kichernd fest, als ich fast über die Fußmatte stolpere. Kristens Spruch über meine Mutter schießt mir durch den Kopf, aber ich versuche, nicht dran zu denken und sperre die Tür auf.

»Sorry, ich wusste nicht, dass du noch unterwegs warst. Ich wollte mich nur erkundigen, wann du Zeit für mich hast?«

»Für dich?« Mein Herz klopft schneller. Er will sich doch wohl nicht mit mir verabreden? Himmel, die Situation ist so seltsam, da kann er mich unmöglich fragen, ob ich ...

»Wegen der Unterlagen. Ich habe sie vorhin grob durchgesehen, aber es gibt natürlich eine Menge offener Fragen. Insbesondere die Schuldfrage dürfte in eurem Fall wichtig sein, da ich annehme, dass dein Ex-Mann möglichst günstig aus der Ehe rauskommen will. Und in Anbetracht seines Vermögens ...«

Ich schnaufe und schiebe die Tür mit dem Fuß zu, während ich mich unbeholfen aus dem Blazer quäle. Dummerweise habe ich die Heizung heute Morgen voll aufgedreht und nicht abgeschaltet, bevor ich das Haus verlassen habe. Jetzt herrschen in der kleinen Wohnung Saunazustände.

»Hast du einen Vorschlag? Ich bin relativ frei diese Woche, aber nächste Woche fliege ich nach New York, da wäre es nicht so günstig. Also sollten wir es vielleicht schnell hinter uns bringen.«

»Donnerstag? Oder Freitag? Ich richte mich nach dir.« Er klingt besonnen, wie immer. Ganz bei sich. Nachdenklich lasse ich mich auf mein Ledersofa fallen und strecke die müden Beine aus. Meine blickdichte Strumpfhose reflektiert das Licht der Deckenleuchte.

»Dann ... morgen?« Meine Finger kribbeln, nachdem ich es entschlossen ausgesprochen habe. Ich nehme das Handy in die andere Hand und betrachte meine nicht manikürten Nägel. Ich mache mir nicht viel aus dem typischen Frauenkram, aber seltsamerweise finde ich meine Hände überhaupt nicht schön. Meine Finger sind lang und dünn, einigermaßen gerade, doch meine Nägel sind kurz und eckig, nicht filigran oval und schon gar nicht rund gefeilt.

Ich höre ihn mit Papier rascheln. Benutzt er etwa noch einen altmodischen Papierkalender? Grinsend warte ich auf seine Antwort und knabbere Nagelhaut von meinem Daumen.

»Morgen ist gut. Das kriege ich hin. Um acht im McQueens? Weißt du, wo das ist?«

Oh. Mein. Gott. Das macht er mit Absicht. Mein Magen schrumpft auf Erbsengröße.

»Das ist hoffentlich nicht dein Ernst?«

»Wieso, ich ... Ach, herrje.« Er lacht rau. Der Klang jagt einen Schauer über meinen Rücken. »Tut mir leid, das hatte ich ... Vergiss es. Dann woanders. Hast du eine Idee?«

»Nein«, höre ich mich selbst sagen. »Das McQueens ist prima.« Davon abgesehen, dass es mich an eine Nacht vor fünf Jahren erinnern wird. Und ich gezwungen sein werde, durch die halbe Stadt zu fahren, weil ich morgen Nachmittag bei Jonathan in Kensington bin, um meine restlichen Sachen abzuholen. Der Gedanke lässt mich aufstöhnen.

»Lass uns dort treffen. Vielleicht hilft es sogar und mir kommt das Ganze nicht mehr so schrecklich peinlich vor.«

»Es muss dir nicht peinlich sein, Lilly. Wenn überhaupt, bin ich derjenige, der sich schämen muss.« Seine Stimme klingt dunkler als vorhin. Verführerisch wie warme Schokolade, und sie fährt mir umgehend in den Bauch – und in tiefere Regionen. Mein Verstand schickt Alarmsignale an meinen Körper, aber mein Unterleib ist offenbar stärker und reagiert auf seine ganz eigene Art auf ihn. Ich sollte auflegen und die Sache beenden. Ich kann bloß nicht. Weil ich eigentlich gar nicht will? Weil das Spiel mit dem Feuer nach all den Jahren in Jonathans kalter Gegenwart so verlockend ist?

»Morgen um acht«, sage ich nur noch kurz. »Gute Nacht, Braden. Schlaf gut.«

»Gute Nacht, Schönheit«, flüstert er, dann höre ich, wie er auflegt. Mein Puls rast. Ich gehe in meine winzige Küche, hole eins von zwei alten Gläsern aus dem Schrank und schenke mir einen Whisky ein. Mit geschlossenen Augen leere ich ihn in einem Zug, dann lehne ich meinen Hinterkopf gegen den Küchenschrank und presse eine Hand auf mein pochendes Herz.

Das hier ist nicht gut. Gar nicht gut. Ich hätte heute Nachmittag direkt die Flucht ergreifen sollen, als ich noch eine Chance dazu hatte. Jetzt kann ich nicht mehr. Ich muss mich beherrschen, auf keinen Fall darf ich eine Affäre mit meinem Scheidungsanwalt anfangen. Schon gar nicht vor meiner Scheidung. Ich trinke ein zweites Glas Whisky, dann gehe ich ins Bad und putze mir auf dem Klo sitzend die Zähne. Auf einmal bin ich entsetzlich müde, aber vor meinem inneren Auge taucht immer wieder ein Lächeln auf. Ein ganz bestimmtes Lächeln.

Lilly

Meine letzte Hoffnung stirbt, als der Türsummer ertönt. Enttäuscht stopfe ich den Schlüssel in die Manteltasche zurück und drücke das Tor auf.

»Guten Tag.« Seine Begrüßung ist frostig. Er ist unrasiert und trägt keinen Anzug, was selten vorkommt. Die Tatsache, dass er nicht in der Kanzlei hockt, sollte mir Sorgen machen. In den letzten Jahren hat er sich weder an unserem Hochzeitstag noch an meinem Geburtstag frei genommen, seine Arbeit war immer wichtiger. Erinnerungen beißen mich in die Eingeweide.

»Hallo, John«, sage ich. »Ich bin nur hier, um ...«

»Ich weiß. Komm rein.« Er öffnet die Tür weiter und macht eine einladende Handbewegung, die allerdings ebenso gut mit dem international verstandenen Zeichen für *Kopf ab* verwechselt werden könnte, so scharf und hektisch ist sie. Es ist unfair, dass er mich so behandelt. Schließlich hat er das Ende unserer Ehe provoziert, wenn mir auch klar ist, dass daran immer zwei Menschen beteiligt sind. Die

Ansicht meiner Mutter, dass ich ihm im Bett nicht genug geboten und ihn somit in das einer anderen gezwungen hätte, ist zwar lächerlich. Trotzdem weiß ich, dass ich Fehler gemacht habe in den letzten Jahren. Der größte Fehler war sicherlich, ihn geheiratet zu haben. Ich hätte es wissen müssen.

»Ich habe mir einen Anwalt genommen«, sage ich, während ich einen Karton hochnehme, den er gepackt hat. *Fotos und Bücher Lilly* steht darauf, das Ding ist verdammt schwer. Meine Arme werden länger, draußen wartet ein Taxi. Als ob das hier nichts weiter als ein langweiliger, stinknormaler Botendienst wäre. Ich bin aber gerade dabei, mein Leben aus diesem Haus zu radieren, das für beinahe fünf Jahre mein Zuhause war.

»Du willst es also durchziehen, ja?« Er reibt sich über das Kinn und sieht müde aus.

»Jonathan, ich kann nicht«, versuche ich auf ihn einzuwirken, obwohl ich weiß, dass es hoffnungslos ist. »Es ist besser so. Für uns beide. Wir hatten doch schon lange keine Ehe mehr.«

»Wie du meinst.« Sein Gesicht ist unbeweglich. Mit starrer Miene hält er mir die Tür auf und lässt mich den schweren Karton nach unten auf die Straße tragen. Der junge Taxifahrer stürmt mir entgegen und nimmt mir die Kiste ab, nicht ohne einen missbilligenden Blick auf meinen Noch-Ehemann zu werfen, der in der Tür stehenbleibt und uns unbeteiligt beobachtet.

»Es kommen noch zwei. Oder drei«, sage ich. »Viel ist es nicht mehr.«

»Verstehe.« Der Junge nickt. Sieht aber nicht so aus, als ob er wirklich verstünde. Wie sollte er auch? In dem Alter glaubt man noch an die Liebe. An den

Seelengefährten, der irgendwo auf der Welt auf einen wartet. Dieser eine Mensch, der die perfekte Ergänzung ist und alles in einem zum Flattern bringt. Und nicht daran, dass die meisten Menschen doch denjenigen heiraten, mit dem sie zufällig um ihren dreißigsten Geburtstag herum zusammen sind. Weil sie müde sind von der jahrelangen Suche, gebrannt von zahlreichen Enttäuschungen und desillusioniert. Weil sie endlich irgendwo ankommen wollen.

Jonathan sieht mich an wie einen Eindringling, als ich an ihm vorbei in das riesige Wohnzimmer zurückgehe und den nächsten Karton hole. *Kellerkram Lilly*. Es gibt noch *Müll oder Lilly* und *Badezimmerzeugs*. Fast muss ich über seine Kritzeleien lachen, doch ich verspüre ebenso einen Stich im Herzen. So endet es also. Irgendwie hatte ich es mir schlimmer vorgestellt. Oder anders. Es hätte sich zumindest anders anfühlen sollen. Im Moment spüre ich gar nichts, keine Trauer, keine Wehmut. Ich bin nicht einmal mehr wütend auf ihn. Wohin ist meine Wut verschwunden? In was hat sie sich verwandelt? Ich habe keine Ahnung, aber wenn ich in mich hineinlausche, höre ich nichts. Als ob ich verstummt wäre.

Nachdem der junge Fahrer mir den letzten Karton abgenommen und im Kofferraum verstaut hat, bleibe ich unschlüssig in der offenen Tür stehen.

»Also ... dann«, sage ich und sehe Jonathan in die Augen. Sie sind verhangen, er sieht aus, als hätte er wenig geschlafen oder sogar getrunken. Dabei trinkt er selten und nur in Gesellschaft, niemals allein. Trotz der Müdigkeit ist er immer noch sehr attraktiv. Er könnte jederzeit zu einem Casting für einen James Bond-Film gehen, und ich bin mir sicher, dass er genommen würde. Seine Ausstrahlung hat mich damals schwer beeindruckt, als ich Studentin war und er mir ein Leben bieten konnte, von dem ich als Mädchen in meinem winzigen Zimmer, das ich mit meinem Bruder teilen musste, immer geträumt habe. Er war mein weißer Prinz auf dem Pferd. Und sein Pferd war ein Aston Martin von 1969, in dem ich mich zum ersten Mal verführen ließ. Hummer, Austern, Champagner, ein teures Auto, Geschenke in Schatullen von Cartier. Und schon war seine Hand unter meinem Rock, sein Mund in meiner Bluse.

Ich schüttle die Erinnerung ab und halte ihm die Hand hin. »Bis bald, Jonathan. Du siehst erschöpft aus. Vielleicht solltest du mal Urlaub machen?«

Er schnaubt durch die Nase. »Natürlich. Damit du in Ruhe einen Plan schmieden kannst, wie du an mein Geld kommst. Das hast du dir wohl so vorgestellt.«

»Du weißt, dass ich nie an deinem Geld interessiert war«, sage ich nachdrücklich. »Und ich bin es auch jetzt nicht. Du kannst es behalten. Ich will einfach nur ... weg.«

»Du hörst dich an, als ob ich ein mieses Arschloch wäre. Als hätte ich dich verprügelt, eingesperrt, sonst was. Dabei hattest du bei mir den Himmel auf Erden, und zum Dank ruinierst du meinen Ruf als Anwalt. Weißt du, was die Leute denken, wenn ich geschieden werde? Wegen angeblicher Untreue? Weißt du, dass sich die Presse darauf stürzen wird? Sie werden sich daran ergötzen, Lilian. An uns. An unserem Leid.«

»Du hast mich verletzt, Jonathan. Auch wenn das vielleicht nie deine Absicht war, aber ... ich war eine

Gefangene. Und jetzt will ich frei sein. Du hörst sicher bald von meinem Anwalt. Er regelt alles für mich. Mach es gut.«

Ich drehe mich um, doch er reißt mich am Oberarm zurück. Fast falle ich rückwärts die Treppe hinunter, strauchle in der Luft und schaffe es gerade so, mein Gleichgewicht zurückzuerlangen. Weil er mich festhält. Seine Finger spannen sich wie ein Schraubstock um meinen Arm.

»Ich werde es dir nicht leicht machen, Lilian«, knurrt er. Seine grauen Augen glänzen. »Glaub nicht, dass ich es dir leicht machen werde.«

»Das weiß ich. Und es ist mir egal.« Ich schüttle seine Hand ab und gehe mit heftig pochendem Herzen die Stufen zur Straße runter. Ohne einen Blick auf das weiße viktorianische Haus zu werfen, in dem ich die letzten fünf Jahre gelebt habe, setze ich mich ins Taxi und ziehe die Tür geräuschvoll zu.

»So schnell wie möglich zurück«, sage ich, dann schließe ich die Augen und atme zum ersten Mal heute tief ein und aus. Es ist vorbei. Noch nicht ganz durchgestanden, aber es ist vorbei. Ich bin allein, ich bin frei und ich muss mich zwingen, glücklich zu sein. Weil ich Angst davor habe, einsam zu sein. Abends nach der Arbeit in eine leere Wohnung zu kommen und niemanden zu haben, mit dem ich reden kann. Ich hatte nie viele Freunde, doch die wenigen Freunde, die ich hatte, reichten mir. Bis auf Kristen ist mir keiner geblieben, alle anderen haben sich auf Jonathans Seite geschlagen. Was verständlich ist, schließlich waren sie seine Freunde, und ich habe mich durch die Ehe in ihre Leben gemogelt.

Ich bin trotzdem stolz auf mich. Weil ich es durchgezogen habe. Weil ich meine Angst endlich überwunden und ihn verlassen habe. Weil ich nicht länger ein menschlicher Fußabtreter sein wollte. Ich sollte das heute feiern. Und seltsamerweise sendet mein Körper Signale an mein Gehirn, die mir klar machen, dass er eine ganz eigene Idee für diese Feier hat.

*

»Das schwarze oder das dunkelrote Kleid? Was meinst du?«, frage ich mein Spiegelbild. Auf dem Nachttisch, den ich letzte Woche bei Ikea gekauft habe, steht ein angetrunkenes Champagnerglas. In Ermangelung einer Freundin, die ich um Rat bitten könnte, rede ich halt mit mir selbst. Was eigentlich ganz nett ist, schließlich widerspreche ich mir selten. Jetzt, so allein in einer kleinen Wohnung, fühle ich mich frei für solche Dinge. Halte in der Dusche Dankesreden für irgendwelche Preisverleihungen in eine Shampooflasche. Führe Interviews über meine Zukunftspläne, während ich ein Fertiggericht zubereite.

Wie stellst du dir dein Leben in zehn Jahren vor, Lilly?

Oh, ich werde beruflich erfolgreich sein, aber nicht zu sehr, weil mir meine Freizeit immer noch wichtig ist. Ich werde einen liebevollen Ehemann haben, der mich auf Händen trägt und der auch nach vielen Ehejahren die Finger nicht von mir lassen kann. Zwei oder drei reizende Kinder und eine verschmuste Katze, die mir abends die Füße wärmt. Ich werde glücklich sein. Vollständig.

Ich grinse mich im Spiegel an und zupfe an einer Haarsträhne, die aus meinem Pferdeschwanz gerutscht ist. Im Gegensatz zu Kristens sind meine Haare nicht glatt und geschmeidig wie aus einer Shampoowerbung, sondern sehr widerspenstig, weshalb ich sie aus Bequemlichkeit meistens hochstecke. Das mag daran liegen, dass ich sie nur zweimal in der Woche wasche und keine Lust dazu habe, regelmäßige Pflegepackungen und Friseurbesuche auf mich zu nehmen. Normalerweise ist es mir egal, aber ausgerechnet heute frage ich mich ständig, ob ich überhaupt noch attraktiv genug bin. Dabei habe ich nichts weiter vor, als mich mit meinem Scheidungsanwalt zu treffen. Wieso stören mich die Fältchen auf der Stirn jetzt? So sehr, dass ich vor dem Spiegel verschiedene Gesichtsausdrücke übe, um zu prüfen, bei welchem Ausdruck so wenig Falten wie möglich zu sehen sind.

»Schwarz ist seriös und stilvoll, damit machst du nichts falsch«, sagt mein Spiegelbild und nickt mir aufmunternd zu. Dann runzelt es die Stirn. »Aber dunkelrot wirkt nicht so düster und nach Trauerfeier.«

»Danke, du bist mir eine großartige Hilfe.« Seufzend stopfe ich beide Kleider in den Schrank zurück und öffne die Kiste, die Jonathan mit *Müll oder Lilly* beschriftet hat. Ich ziehe ein uraltes Kleid heraus. Tausend Ameisen kribbeln durch meinen Körper, als mir einfällt, wann ich es zuletzt getragen habe. Es ist das Kleid, das ich für meine Abschlussfeier an der Uni gekauft habe. Sie war an jenem Abend, drei Tage vor unserer Hochzeit. Jonathan war zu beschäftigt, um mich zur Uni zu begleiten, aber ich wollte feiern. Das Studium ist mir nicht leicht gefallen, ich habe mich ziemlich gequält und die erste Abschlussprüfung versaut. Deshalb wollte ich unbedingt diesen Tag gebührend begehen, und ich zog mit meinen Kommilitonen durch die Pubs in Hackney, wo wir nach der letzten Runde betrunken in der Bar des McQueens landeten. Und dort traf ich ihn. Braden.

Ob mir das Kleid überhaupt noch passt? Seit der Hochzeit habe ich ein paar Kilo zugenommen, die sich zum Glück auf die richtigen Stellen verteilt haben. Mein Busen ist immer noch relativ klein, aber er ist fest und prall und ich muss nicht ständig einen BH tragen, was ich besonders im Sommer zu schätzen weiß. Ohne zu zögern, öffne ich den durchgehenden Reißverschluss am Rücken und streife es über. Es passt perfekt. Besser sogar als damals. Der tiefe Ausschnitt lässt meine Brüste größer wirken, obwohl ich nur einen normalen BH trage und keinen von diesen Push-up-Dingern. Das Kleid liegt am Oberkörper eng an, der bodenlange Rock wird nach unten hin etwas weiter. Schwarze Seide mit blutroten Mohnblumen, die stellenweise mit funkelndem Strass verziert sind, schmiegt sich an meinen Körper. So sehr, dass ich selbst die Luft anhalte, als ich mich im Spiegel betrachte.

Meine Körperhaare richten sich auf, und ich weiß: Das ist es. Das Kleid, das ich tragen soll. Heute Abend. Wer weiß, wozu es gut ist.

Braden

»Noch ein Drink, Mr Bennet?«

»Danke, nein. Ich warte noch.« Unruhig sehe ich auf die Uhr. Sie ist eine halbe Stunde zu spät, aber ich habe damit gerechnet. Schließlich habe ich sie gestern im Büro auch warten lassen, und ich ahne, dass dies eine kleine Rache dafür ist. Ich gönne sie ihr, außerdem habe ich kein Problem damit, allein in einem Restaurant zu sitzen. Ich gehe häufig ohne Begleitung essen, es macht mir nichts aus.

Vor mir auf dem Tisch liegen ihre Unterlagen. Nüchtern und grau. Nur Worte, wo Gefühle stehen sollten. Nach all den Scheidungen, die ich begleitet habe, tut es mir jedes Mal weh. Schließlich gab es da mal etwas zwischen zwei Menschen, und die vielen Worte sind der Beweis, dass es einfach verschwunden ist. Mein Beruf hat mich desillusioniert, ich glaube nicht mehr an die Ehe. Oder an so was wie Liebe.

Während ich auf die geschlossene Eingangstür des eleganten, kleinen Restaurants starre, drehe ich das leere Whiskyglas mit beiden Händen hin und her. Und dann kommt sie. Meine Nackenhaare stellen sich auf, noch bevor sich die Tür öffnet und ich sie sehe. Als ob mein Körper ihre Anwesenheit fühlen könnte. Verrückt.

Sie schaut sich suchend um, blinzelt in den dämmrig beleuchteten Raum. Ein Lächeln huscht über ihr Gesicht, als sie mich sieht. Gleichzeitig trifft mich fast der Schlag. Mein Puls beschleunigt sich. Sie trägt *das* Kleid. Ich habe es nie vergessen, und wie könnte ich? Sofort taucht ein Moment in meiner Erinnerung auf. Der Moment, als ich hinter ihr stand, ihr langes weiches Haar zur Seite schob, um ihren Nacken zu küssen. Sie kicherte und schnurrte in meinen Armen. Ich zog den Reißverschluss auf, bis zum Boden. Dann streifte ich mit beiden Händen das Kleid nach vorne von ihrem Körper. Ich höre es noch heute. Die raschelnde Seide, die zu Boden fällt.

»Tut mir leid, ich bin zu spät. Es war unmöglich, in Camden ein Taxi zu bekommen, daher musste ich einen Fahrdienst anrufen und der hat sich Zeit gelassen.« Lächelnd bleibt sie vor mir stehen. Sie räuspert sich und streckt mir die Hand entgegen. Ich lache leise.

»Kein Problem. Wir haben Zeit«, sage ich geduldig. Lilly zieht erstaunt eine Braue hoch, als ich aufstehe und ihr einen Kuss auf die Wange hauche, ihre ausgestreckte Hand ignorierend. Ich bleibe dicht an ihr, weil ich ihren Duft in mich einsauge wie erlösenden Sauerstoff nach einem zu langen Tauchgang. Jasmin und Rose. Und noch etwas Neues. Mit geschlossenen Augen versuche ich, den Geruch zu identifizieren. Vanille? Karamell?

»Braden …« Ihre Hände liegen auf meiner Brust, sie schiebt mich von sich.

»Entschuldige, ich konnte nicht anders. Du duftest unwiderstehlich.«

Ihre Wangen verdunkeln sich. Süß. Sie trägt kein Rouge, überhaupt kaum Make-up. Das hat sie damals schon nicht getan. Abgesehen von der Mascara und dem Lidstrich. Ihre Lippenfarbe ist natürlich, da bin ich mir fast sicher. Aber meine Finger kribbeln, weil ich über ihre sinnlichen, prallen Lippen streichen und das überprüfen will. Ich räuspere mich, ziehe ihr den Stuhl zurecht. Sie setzt sich und glättet das lange Kleid sorgfältig am Po, bevor sie sich niederlässt.

»Verdammt, du siehst unglaublich aus«, sage ich schließlich, nachdem wir uns sekundenlang schweigend begutachtet haben.

Sie grinst. »Danke. Du aber auch. Obwohl ich dich im Anzug lieber mag.«

Lachend zupfe ich an dem dunklen Wollpullover, den ich über einem weißen Hemd trage. Dazu dunkelblaue Jeans und Boots. Vielleicht habe ich gehofft damit auszudrücken, dass dieser Termin nicht rein beruflich ist. Ihr Kleid lässt mich hoffen, dass sie das ähnlich sieht. Sie hätte in dem schlichten Kostüm von gestern kommen können, aber sie hat es nicht getan.

Warum schwitzen meine Hände? Ich bin kein Teenager, kein unbeholfener Junge. Jede Woche führe ich attraktive Frauen aus, kein Problem. Ich bin weltgewandt und souverän. Kann zuhören und selbst belangloses Zeug plaudern. Lustige Anekdoten aus der Kanzlei zum Besten geben oder interessante Details von den langen Reisen, die ich jedes Jahr mache. Aber ihre Gegenwart verunsichert mich. Ich hasse es.

»Was möchtest du trinken? Wein, Champagner ...?«

»Wasser.« Die Antwort kommt prompt und wie eine Ohrfeige. Habe ich ihr Auftreten falsch interpretiert?

Sie gönnt der Speisekarte keinen Blick. Ich bin mir sicher, dass sie mit mir spielt. Ich kann unmöglich der Einzige sein, der das elektrisierende Prickeln zwischen uns spürt. Wenn sie lächelt, zuckt mein Schwanz. Wenn sie die Lippen schürzt oder nachdenklich die schmalen Brauen zusammenzieht, zuckt mein Herz. Und ich möchte fast beten, dass es ihr ähnlich geht.

Wunschgemäß bestelle ich eine Flasche Mineralwasser beim Kellner. Und einen Whisky ohne Eis für mich. Aus versteckten Boxen dringt dezente Lounge-Musik, hinten an der Wand laufen alte Steve McQueen-Filme auf einem Fernseher, ohne Ton.

»Ich habe mir eure Unterlagen angesehen. Du hast also keine Ahnung, wie hoch Jonathans Vermögen wirklich ist?«, beginne ich das Gespräch mit einem unverfänglichen Thema. In der Hoffnung, mich dadurch selbst wieder zur Räson zu bringen, was nicht einfach ist in Anbetracht ihres Dekolletés. Sie reißt die Augen auf, weil ich ihren Mann beiläufig beim Vornamen genannt habe. Shit. Ich muss aufpassen. »Wir kennen uns flüchtig. Vom Gericht«, erkläre ich, und sie atmet sichtbar aus.

»Entschuldige. Manchmal sehe ich Gespenster und male mir aus, dass er ... ach, egal. Ja, du hast recht. Ich habe keine Ahnung. Um die Finanzen hat er sich immer selbst gekümmert, da habe ich keinen Durchblick.«

Ich verziehe den Mund zu einem Grinsen. »Aber du hast eine Vorstellung davon, was man als sehr erfolgreicher Scheidungsanwalt verdient, ja?«

Sie lächelt. »Oh ja. Ich glaube, das habe ich. Wenn er auch nach der Hochzeit nicht gerade zu den spendablen Ehemännern gehörte, haben wir immerhin jahrelang miteinander gelebt. In seinem Haus.«

»Es geht um Millionen, Lilly. Du kannst Millionen aus ihm herauspressen. Solltest du einen Beweis für seine Untreue haben, wäre das eine sichere Bank.«

Sie saugt die Lippen ein und knibbelt an der weißen Stumpenkerze auf dem Tisch. »Ich habe aber keinen. Ich meine, ich weiß, dass er es getan hat. Nicht nur jetzt kürzlich, sondern ... eigentlich immer.«

»Hast du ihn nicht früher damit konfrontiert?«, frage ich und beuge mich vor, um ihre Augen sehen zu können. Grün funkelnde Katzenaugen. »Wenn du es schon so lange wusstest ... warum hast du dich nicht früher von ihm getrennt?«

Ihre Augen glänzen. Vorsichtig strecke ich die Hand aus und greife zögerlich nach ihrer, die noch immer die Kerze malträtiert und Wachs abfummelt.

»Ich wusste es nicht. Ich meine, ich hatte einen Verdacht, schon lange, aber ich habe ihn einfach verdrängt. Er war immer diskret und vorsichtig, und ich hatte nicht mehr als ein komisches Gefühl im Bauch. Aber das genügte ja nicht. In der letzten Zeit war es anders. Ich konnte die andere an ihm riechen. Fremdes Parfum. Ich fand lange blonde Haare auf seinen Hemden. Und dann fing ich an, seinen Computer und sein Handy zu durchforsten, wenn er nachts zu Hause war und schlief.«

»Das tut mir leid«, sage ich, und meine es ehrlich. Es muss wehtun. Das Ego verletzen. Schlimm für Lilly, aber vielleicht auch eine Chance für mich. Sie ist enttäuscht, ihr Selbstvertrauen angekratzt. Das spüre ich. Sie ist so anders als damals. Vor fünf Jahren sprühte sie vor Lebenslust und Selbstbewusstsein. Sie war so stolz auf ihren bestandenen Bachelor-Abschluss, und ihr Stolz war ansteckend wie ein Virus. Ich wollte sie. Wollte sie so sehr. Obwohl ich einen anderen Auftrag hatte. Aber ich habe kläglich versagt.

Wir sehen uns fest in die Augen, über die flackernde Kerze hinweg, von der eine schwarze, dünne Rauchsäule zwischen uns aufsteigt. Und ich weiß, dass wir gerade beide dieselben Gedanken haben. Mein Schwanz zuckt kurz. Als wollte mein Körper mir ein Bedürfnis mitteilen. Wie Hunger. Oder Durst. Nur so viel stärker.

»Egal«, sagt sie schließlich und zieht ihre Hand zurück und nippt am Wasser, das der Kellner eingeschenkt hat. »Ich bin vor vier Wochen ausgezogen. In eine Wohnung in Camden. Sie ist winzig, aber ... es geht mir gut.« Sie nickt, als müsse sie sich selbst davon überzeugen. »Es wird mir zumindest gut gehen. Irgendwann wieder.«

»Es ist deine Entscheidung, wie weit du gehen willst«, erkläre ich und tippe mit dem Zeigefinger auf die Mappe, die zwischen uns liegt. »Ich kann so viel wie möglich aus ihm herausholen, aber dann wird es eine schmutzige Sache. Für die sich vermutlich auch die Presse interessieren wird. Du weißt selbst, dass er quasi prominent ist in London. Immerhin hat er Leute wie Madonna durch ihre Scheidung begleitet, und du kennst das Image des Saubermanns, das er sich auferlegt hat.«

Sie lacht bitter. »Oh ja. Und wie ich das kenne. Ich hatte nur keine Ahnung, dass ich immer nur ein Teil seines sorgfältig gehegten Bildes war.«

Aber ich weiß es. Ich wusste es schon vor fünf Jahren. Ich kenne Jonathan Palmer besser, als du glaubst. Doch davon ahnst du nichts, und du darfst es auch nicht erfahren. Ich schuldete ihm etwas, und ich habe meine Schuld ihm gegenüber erfüllt. Was ich seither bereue.

»Eigentlich will ich nur eine saubere Trennung. Ich verzichte meinetwegen auf alles, wenn es nur schnell geht. Ich habe keine Nerven für eine Schlammschlacht.«

»Wir werden sehen. Falls er aktuell eine Freundin hat, könnten wir einen Privatdetektiv auf ihn ansetzen, der ihn überführt.«

Sie lacht leise. Der Ton lässt meine Nackenhaare aufrecht stehen, sodass ich instinktiv darüber streiche, als ob ich mich dadurch beruhigen könnte.

»Überführt? Beim Sex oder was? Du weißt, dass vor Gericht Knutschen oder Umarmen nicht ausreichen als Beweis, und mehr wird er sich wohl in der Öffentlichkeit nicht erlauben.«

»Du kennst dich gut aus«, sage ich und kneife die Augen zusammen.

»Hast du vergessen, dass ich auch Juristin bin? Ich arbeite zwar nur als Rechtsberaterin und nicht als Anwältin, aber ich habe den Mist mal gelernt.« Sie schürzt die Lippen und starrt nachdenklich in die Kerzenflamme. Ihr Dekolleté glänzt im flackernden Licht, deutlich sind die oberen Rundungen ihrer

Brüste zu erkennen. Ich weiß, dass es verdammt unhöflich ist, doch ich kann meinen Blick nicht davon abwenden. Meine Zunge schnellt hervor und leckt über meine Lippen, während mein Schwanz zu pochen anfängt. Sie hat ein bisschen zugenommen, es steht ihr fantastisch. Sie wirkt weicher und weiblicher. Unruhig rutsche ich auf dem Stuhl hin und her und bin fast froh, als der Kellner uns stört. »Haben Sie gewählt?«

»Entschuldigung, wir haben nicht mal einen Blick in die Karte ...«, sage ich, aber Lilly unterbricht mich.

»Wir nehmen das Angus Steak. Mit Süßkartoffeln und kandierten Zwiebeln.« Der Kellner lächelt zufrieden, und mir klappt das Kinn runter.

»Das weißt du noch?«

»Klar.« Sie grinst mich an. »Du hast mir mal lang und breit erklärt, dass sie hier das beste Angus Steak in ganz London servieren. Und zwar dort drüben.« Mit dem Daumen zeigt sie hinter sich, auf die Tür, die das kleine Restaurant von der Bar trennt. Wo der Abend später weitergehen wird, mit Cocktails und Snacks. Jedenfalls für die meisten der hier Anwesenden. Für uns vielleicht nicht. Wenn es nach mir ginge, würde der Abend in meinem Bett enden. Oder auf meinem Küchentisch. Auf meinem Sofa. Meinetwegen auch in meinem Auto, das zwei Straßen weiter geparkt ist. Ich schlage die Serviette auf und lege sie auf meinen Schoß. Sicher ist sicher. Ich habe mein Gehirn nicht im Griff, wer weiß, was sich mein Schwanz einfallen lässt.

»Wie wäre es mit einem Glas Wein? Nur ein Glas. Es macht mich irre, dich Wasser trinken zu sehen.«

»Braden … Ich sollte einen klaren Kopf behalten.« Ihre Stimme flattert. Zwischen meinen Beinen verstärkt sich das Pochen.

»Warum?«, frage ich leise und beuge mich wieder zu ihr vor. So weit, dass ich die Kerze zur Seite schieben muss, um mir nicht die Wimpern zu verbrennen. »Hast du Angst vor mir?«

Sie fährt mit der Zunge über ihre Lippen. Oh Gott, dieser sinnliche, pralle Mund. Dieser scharfe Schwung der Oberlippe, der von Intelligenz und Leidenschaft zeugt. Und ich weiß genau, wie leidenschaftlich sie ist. Wenn ich auf ihr liege, jedenfalls. Danke für die Serviette.

»Sollte ich Angst vor dir haben?«, fragt sie kokett und legt den Kopf schief.

»Das kommt darauf an …«

»Ein Glas Wein ist sicher okay.« Sie lächelt, und ich hebe den Arm, um dem Kellner zu winken.

»Falls wir die Sache mit dem Fremdgehen nicht hinkriegen … gibt es sonst Dinge, die ich wissen sollte? Die Jonathan betreffen?« Meine verzweifelten Versuche, das Gespräch zurück in berufliche Bahnen zu lenken, sind ungeschickt. Das ist mir klar, und ihr amüsiert verzogener Mund macht es mir nicht leichter. Verdammter Mist. Dass eine Frau mich so verwirren kann. Dass eine einzige Nacht mich so aus der Bahn werfen konnte. Unglaublich.

»Was meinst du?« Ihre dichten Wimpern werfen einen Schatten auf ihre Augen, als sie sich vorbeugt. Ich sehe das Flackern der Flamme in ihrer grünen Iris.

»Du weißt, dass du auch eine schnelle Scheidung wegen Fehlverhaltens provozieren kannst. Dazu müsste er allerdings einiges angestellt haben. Wenn du da genügend Material lieferst ...« Ich zucke die Achseln und mustere sie eindringlich. Ich kenne Jonathan.

»Ich glaube nicht, dass ich eine solche Schlammschlacht vor Gericht möchte, Braden. Jonathan war sicher nicht der beste Ehemann der Welt, aber ich war auch nicht gerade die Königin der Ehefrauen.«

»Das kann ich mir kaum vorstellen.« Schmunzelnd hebe ich mein Weinglas, das der Kellner eben hingestellt hat, und warte auf sie. »Zumindest in einer Hinsicht sollte er keine Klagen gehabt haben.«

Ihre Wangen werden so rot, dass es sogar bei der schummrigen Beleuchtung gut sichtbar ist. Ich atme langgezogen aus, dann setze ich das Glas an und trinke, während ich sie über den Rand hinweg beobachte. Sie trinkt ebenfalls, zögerlich.

»Braden, ich ... Es war nicht vergleichbar mit dem, was wir hatten. Vor fünf Jahren.« Sie betont das Wort *fünf* auf eine Weise, die mich die Stirn runzeln lässt.

»Jonathan war anders. Anders als du, meine ich. Er hat keinen besonders großen Wert darauf gelegt. Meistens ging es ganz schnell.« Sie kichert. Plötzlich sieht sie aus wie ein Mädchen, und in ihren Augen blitzt kurz etwas auf, das ich vor fünf Jahren bei ihr gesehen habe. Und heute vermisse. Mein Puls beschleunigt sich.

»Das ist schade. Sehr schade. Man sollte eine leidenschaftliche Frau wertschätzen wie einen kostbaren Schatz. Es ist nicht jeder Frau gegeben, Leidenschaft zu zeigen. Ungeschminkt.«

»Leider funktioniert es eben nicht mit jedem Mann, musste ich feststellen.« Sie zuckt die Achseln und starrt auf das Weinglas in ihren Händen. Dann fährt sie mit dem Zeigefinger den Rand nach. »Aber man kann eine Beziehung wohl kaum auf Leidenschaft aufbauen.«

»Worauf sonst? Meiner Meinung nach ist das ein sehr solides Fundament.«

»Nein, das ist es nicht.« Sie wird heftig. »Es ist gar kein Fundament. Weil Leidenschaft sich abnutzt, und zwar verdammt schnell. Und wenn man eine Beziehung darauf begründet, was bleibt dann zwei oder drei Jahre später? Nichts, ganz genau. Deshalb sind andere Dinge viel wichtiger. Dass man dieselben Interessen hat, dieselben moralischen Vorstellungen und Prinzipien. Dieselben Ziele im Leben.«

»War deine Ehe auf Leidenschaft gebaut?«, frage ich vorsichtig nach, und sie verzieht das Gesicht zu einer bitteren Miene.

»Ganz sicher nicht. Nein. Leidenschaft war nicht einmal das Sahnehäubchen auf unserer Hochzeitstorte. Jonathan und ich waren ... Wir passten einfach gut zueinander. Wir hatten denselben Beruf, denselben Hintergrund. Wir mögen dieselbe Musik. Es war vernünftig.«

Ich ziehe scharf die Luft ein und beuge mich zu ihr vor, bis ich die winzige Zahnlücke zwischen ihren Vorderzähnen erkennen kann. Ihre Lippen sind immer ein kleines bisschen geöffnet in der Mitte, was mich anmacht. Es erregt mich, weil es ihrem Gesicht die Härte nimmt und sie naiver wirken lässt, als sie ist.

»Hast du nie einen Mann getroffen, in dessen Gegenwart du Leidenschaft verspürt hast? Ganz egal, ob er Müllfahrer, Gärtner oder Chefarzt war? Einfach nur reine, animalische Anziehungskraft. Einen Mann, dem du dich hingeben wolltest, entgegen aller Vernunft? Der eine Sehnsucht tief in dir geweckt hat, die dir bis dahin unbekannt war? Du kannst unmöglich so nüchtern sein, wie du gerade vorgibst.«

Sie schluckt deutlich sichtbar. Nippt an ihrem Wein, als wollte sie sich hinter dem bauchigen Glas verstecken.

»Doch«, flüstert sie dann und senkt das Weinglas, um mir in die Augen zu sehen. »Doch, so jemanden habe ich schon mal getroffen.«

Lilly

Du liebe Güte. Offenbar hat er wirklich vor, mich ins Bett zu bekommen. Ich meine, er flirtet doch eindeutig mit mir. Legt es darauf an. Aber warum? Weil ihm etwas an mir liegt? Nach fünf Jahren? Oder weil er sich etwas beweisen möchte? Ich bin damals mitten in der Nacht aus seinem Apartment geflüchtet. Ohne eine Nachricht. Keine Telefonnummer, nicht mal einen Nachnamen. Und nur drei Tage später habe ich geheiratet, in einem sündhaft teuren weißen Kleid, wie ein unschuldiger Engel. Ich bekam am Morgen meiner Hochzeit meine Periode und hatte den ganzen Tag Panik, dass ich rote Spuren auf dem Brautkleid hinterlassen würde. Ich konnte diesen besonderen Tag kaum genießen, und jedes Mal, wenn ich auf der Toilette meinen Tampon wechselte redete ich mir ein, dass es die gerechte Strafe für mein Vergehen war. Als wollte eine höhere Macht nicht, dass ich die Welt mit dem weißen Kleid täusche und vorgebe, unschuldig zu sein.

Ein Teil von mir fühlt sich von Bradens Flirtversuchen geschmeichelt, denn offenbar hat er die Nacht vor fünf Jahren ebenso wenig vergessen wie ich. Ein anderer Teil jedoch klopft dumpf und fordert Vernunft. *Du kannst nicht. Du darfst nicht.* Ich riskiere alles, wenn ich meinem Verlangen nachgebe, und das wäre so ziemlich das Dümmste, was ich in meinem Leben getan habe. Von meiner Ehe vielleicht abgesehen.

Er sitzt mir lässig entspannt und doch so selbstbewusst gegenüber, dass ich mich in seinen Arm schmiegen und mich von ihm beschützen lassen möchte. Weil ich spüre, dass er mich beschützen würde. Vor allem. Meine Knie zittern leicht, und ich bin froh über den Kellner, der zwei Teller vor uns abstellt. Das Steak duftet köstlich, aber mein Magen fühlt sich an wie zugeknotet. Ich werde keinen Bissen hinunterbringen, solange er mich mit diesen samtigen, braunen Augen ansieht.

Ich beobachte ihn beim Essen. An der Art, wie ein Mann isst, kann man erkennen, wie er im Bett ist. Jonathan war ein schneller Esser. Obwohl ich ihn mehrfach darauf hingewiesen habe, wie unfein es ist, sich über den Teller zu beugen, hat er es immer wieder getan und das Essen nahezu verschlungen. Er war meistens mit seiner Portion schon fertig, wenn ich meine gerade zur Hälfte gegessen hatte. Danach trieb er mich zur Eile an. Essen war für ihn Zeitverschwendung, schließlich hatte er immer viel zu tun und wollte es rasch hinter sich bringen.

Braden dagegen ist ein genüsslicher Mensch, das erkennt man sofort. Er kaut jeden Bissen hingebungsvoll, schließt zwischendurch die Augen. Er macht lange Pausen, und er spricht. Vor allem spricht er mit mir. Jonathan hat beim Essen kaum mehr als zwei Sätze hervorgebracht, was mich immer in eine unangenehme Situation brachte, wenn wir auswärts gegessen haben. Ich fühlte mich genötigt, eine Unterhaltung in Gang zu bringen und diese auch fortzuführen, denn ein schweigendes Paar im Restaurant ruft in anderen Gästen nur eins hervor. Mitleid.

»Also, falls dir noch etwas einfällt zum Thema Fehlverhalten, Lilly ... es würde sehr helfen.«

Ich unterdrücke ein Grinsen über seine unbeholfenen Versuche, sachlich zu bleiben und stochere in den Süßkartoffeln herum.

»Zu schnelles Essen fällt wohl nicht darunter?«, frage ich, und Braden lacht leise. Er legt das Besteck zur Seite, wischt seinen Mund an der Serviette ab und trinkt einen Schluck Wein. Ich folge seinem Beispiel.

»Ich fürchte, das wird schwierig. Es sei denn, wir bekommen es mit Richterin Matthews zu tun, die hätte Verständnis. Ich kenne ihren Ex-Mann.« Er zwinkert mir zu, und wir grinsen beide.

»Dinge wie vergessene Geburtstage oder Hochzeitstage kommen meistens gut an. Finanzieller Betrug natürlich, wenn er dir Gelder oder Vermögen vorenthalten hat.«

Mein Magen zuckt nervös. Hastig pikse ich ein Stück Kartoffel auf die Gabel und schiebe es mir in den Mund. Braden wartet geduldig, dass ich weiterspreche. Er hetzt mich nicht, im Gegenteil. Diese Ruhe, die er ausstrahlt, tut mir gut. Es ist, als ob er mich damit impfen könnte, und die entsetzliche Nervosität, die mich in den letzten Wochen fast in den Wahnsinn getrieben hat, schwindet in seiner Gegenwart.

»Vergessene Geburtstage ... davon habe ich einige zu bieten. Denn an meinen Geburtstagen war Jonathan in der Regel nicht anwesend. Nicht einmal bei meinem Dreißigsten, der mir echt wichtig war. Kristen hat eine Überraschungsparty für mich organisiert, aber Jonathan war bis 23 Uhr im Büro und kam erst, als die meisten Gäste schon gegangen waren. Und um Mitternacht verkündete er lautstark, dass er nun ins Bett müsse, und bat den Rest der Anwesenden, zu verschwinden.«

Ich nippe an meinem Wein und betrachte die ölige Oberfläche, die im Kerzenschein glitzert.

»Das ist nicht nett, reicht aber nicht«, stellt Braden lapidar fest. »Hat er dich geschlagen? Bedroht? Eingesperrt? Das wären Dinge, die ...«

»Ich weiß«, unterbreche ich ihn harsch. »Aber nein, das hat er nicht.« Innerlich fange ich an, zu brodeln. Hält er mich wirklich für eine Frau, die sich so etwas gefallen ließe? Womöglich jahrelang? Es ist schlimm genug, dass mein Selbstvertrauen nicht reichte, diese Ehe viel früher zu beenden. Dass ich zu feige war und mich vor der Einsamkeit fürchtete. Irgendwie war es bequemer, alles weiterlaufen zu lassen und zumindest die Gewissheit zu haben, dass da jemand war, dem etwas an mir lag. Auch wenn ich mir in den letzten Jahren etwas vorgemacht habe.

»Wir haben uns auseinandergelebt, und das war nicht allein seine Schuld.«

»Ich frage mich langsam, wieso du ihn überhaupt geheiratet hast«, sagt Braden unvermittelt. »Nach dem, was ich herauszuhören glaube und wo ich dich jetzt vor mir sehe … Ich weiß, wie du früher warst, Lilly. Er hat dir nicht gut getan.«

»Er hat auch gute Seiten, Braden.« Ich kann es kaum glauben, aber ich verteidige Jonathan vor einem anderen Mann. Was ist in mich gefahren? Der Wein?

»Er hat mich umschwärmt, am Anfang unserer Beziehung. Hat mich auf Händen getragen. Ich war Studentin, und mein Elternhaus ist alles andere als reich. Ich finanzierte mein Studium mit zahlreichen Nebenjobs. Es waren teilweise so viele, dass ich abends nicht schlafen konnte vor Überanstrengung. Und dann kam Jonathan, nahm mich mit auf Reisen, von denen ich bis dahin nur geträumt hatte. Schenkte mir Schmuck im Wert einer Jahresmiete meiner Einzimmerwohnung in Hackney. Er tat alles für mich. Er vergötterte mich. Er war so erfolgreich und selbstbewusst, und er wollte mich. Ausgerechnet mich! Ich glaube, ich fühlte mich einfach wie Cinderella.« Ich lache traurig.

»Dann sollten wir zusehen, dass wir deinen gläsernen Schuh wiederfinden. Wenn der Prinz schon damit durchgebrannt ist, um ihn einer anderen anzuziehen …« Braden lächelt. Seine Augenwinkel kräuseln sich, und neben seiner Oberlippe taucht ein feines Grübchen auf, das meinen Puls zum Flattern bringt. Damals trug er Bart, sodass ich es noch nicht kenne. Es ist schön, etwas Neues an ihm zu finden, obwohl ich dachte, ihn in jener Nacht in allen möglichen Positionen gesehen zu haben. Die Erinnerung lässt mir erneut das Blut in den Kopf schießen.

»Ich hatte keine Ahnung, dass er sich so … entwickeln würde. Er war sich meiner so sicher und hat nie einen Hehl daraus gemacht, wie überlegen er mir war. Jeden zweiten Tag hielt er mir vor, dass ich ohne ihn nichts wäre. Sogar meinen Job hat er mir besorgt. Davon abgesehen, dass ich ohne ihn mein Studium wohl kaum geschafft hätte. Ich war nicht gerade eine Vorzeige-Studentin.«

»Kein Wunder, wenn du so viel nebenbei gearbeitet hast.« Braden lässt meine Hand los und trinkt einen Schluck Wein. Sein Teller ist noch halbvoll, wie meiner, aber er isst nicht weiter.

»Wir haben da übrigens eine große Gemeinsamkeit, Lilly. Auch ich habe mich mühsam hochgearbeitet, aus einer Arbeiterfamilie in Manchester. Mein Vater war jahrelang arbeitslos, wir lebten von dem Geld, das meine Mutter als Putzfrau verdiente und ein bisschen Stütze. Meine Eltern waren lange dagegen, dass ich überhaupt studieren wollte. Sie meinten, es wäre Geld- und Zeitverschwendung.« Er verzieht das Gesicht.

»Das tut mir leid, das wusste ich nicht«, sage ich ehrlich. Braden wirkte auf mich immer wie jemand, der mit einem goldenen Löffel im Arsch geboren worden war. So wie Jonathan. Diese Erkenntnis wirft ein anderes Licht auf ihn. Ein Licht, das ihn in meinen Augen noch schöner macht.

»Möchtest du noch einen Drink nebenan nehmen, oder …?« Er hebt die Brauen, während er seine Brieftasche aus der Hosentasche zieht und eine schwarze Kreditkarte herausholt. Mein Herzschlag beschleunigt sich wieder. Wenn ich jetzt mit ihm in die Bar gehe, in der vor fünf Jahren die schönste Nacht meines Lebens begann, gibt es kein Zurück mehr. Ich werde ihm nicht lange widerstehen können, das ist mir klar. Falls er mich überhaupt will. Ich habe mich verändert, und nach allem, was er gesagt hat ist mir bewusst, dass er die neue Lilly nicht besonders mag. Kein Wunder. Wer mag schon eine Frau, die sich so verunsichert fühlt? Die sich jeden Tag kritisch im Spiegel betrachtet und sich fragt, was die andere hatte, was sie selbst nicht bieten konnte. Ob sie jünger, schöner, fröhlicher ist.

»Ein Drink ist sicher okay«, antworte ich leise. Lieber Himmel, ich kann nicht glauben, dass ich das gesagt habe. Aber sein Mund, der sich zu einem breiten Lächeln verzieht, beruhigt mich. Er weiß es. Er weiß, was ich gedacht habe, und denkt vermutlich gerade genau dasselbe.

Ich spiele an der Kerze herum und lösche die Flamme mit zwei angefeuchteten Fingern, während Braden die Rechnung begleicht. Meinen vorsichtigen Einwand, dass wir sie teilen können, weil es schließlich ein Arbeitsessen ist, hat er mit einem gequälten Lächeln erwidert. Jetzt fühlt sich dieses Arbeitsessen an wie ein Date, und ich bin mir nicht sicher, ob mir das gefallen darf.

Braden

Ich kann meinen Blick nicht von ihrem perfekten kleinen Hintern lösen, als sie vor mir her auf die Schwingtür zugeht, die das Restaurant von der Bar trennt. Hinter der Tür erwarten uns leise Musik, Gelächter, Gläserklirren und gedämpfte Gespräche. Ich gehe an ihr vorbei und steuere auf eine schmale Lederbank in der Ecke zu, sie folgt mir. Die Bank ist so winzig, dass wir eng nebeneinandersitzen müssen, aber ich will nicht mit großem Abstand auf einem der freien Barstühle sitzen. Die Körpernähe löst ein Ziehen zwischen meinen Beinen aus, die ich vorsichtshalber übereinanderschlage.

»Damals hast du dort gesessen.« Sie zeigt lächelnd auf einen Barhocker rechts an der alten Holztheke, hinter der zwei junge Männer in dunklen Anzügen mit ernsten Mienen Cocktails mixen.

»Ich weiß.« Wir sehen uns in die Augen und lächeln. Meine Hand juckt. Ich will sie berühren.

Will sie zu mir ziehen und sie küssen. Leidenschaftlich und hart. Um ihr zu zeigen, wie sehr sie mich damals getroffen hat. Dass sie mir mehr bedeutet hat als eine flüchtige Affäre für nur eine Nacht. Eine halbe Nacht, um genau zu sein, denn im Morgengrauen war sie verschwunden.

Sie hat keine Ahnung, dass ich von ihrer Hochzeit wusste und mir schon damals klar war, dass ich sie nur für ein paar Stunden haben konnte. Und wenn sie es herausfindet, bin ich geliefert. Für immer. Morgen spreche ich mit Jonathan. Es kann nicht in seinem Interesse sein, dass sie es erfährt, aber ich muss sichergehen. Er schuldet mir was.

»Ob du noch weißt, dass du damals meine Schuhe getragen hast?« Sie hat den Kopf schief gelegt und sieht mich schmunzelnd an.

»Entschuldige, ich war in Gedanken. Natürlich weiß ich das noch. Und ich habe dir mein Sakko gegeben, weil du in dem Kleid gefroren hast.«

Sie sieht an sich herab, ihr Blick verharrt kurz auf der schwarzen Seide, die in der schummrigen Beleuchtung der Bar glänzt. Der Raum füllt sich langsam, immer wieder geht die Schwingtür auf und Menschen strömen herein. Aber ich habe nur Augen für sie. Die schmale Bank ist unsere Insel.

»Es war nass in jener Nacht«, sagt sie leise. »Danach kam der Sommer.«

»Ich erinnere mich nur daran, dass ich sehr geschwitzt habe.«

Sie öffnet den Mund, einen Spalt nur. Weiße Zähne blitzen zwischen den vollen Lippen hervor. Meine Hose wird enger, und ich bin froh, dass der Kellner uns kurz unterbricht, um unsere Bestellung entgegenzunehmen.

Sie sieht mich abwartend an. Ich weiß, was sie erwartet, und ich kann es ihr geben. Lächelnd bestelle ich einen Bowmore ohne Eis, ohne Wasser und einen *Pimm's Cup No 1* mit Minze und Limonade für sie. Sie strahlt, und mir wird warm. Ich muss diesen verdammten Pullover ausziehen, sonst ersticke ich.

»Du hast es nicht vergessen.«

»Nein. Nie. Es ist mir heute noch unbegreiflich, wie man das Zeug freiwillig trinken kann.« Sie lacht laut. Ein herzliches, perlendes Lachen, das mir eine Gänsehaut bereitet.

»Hast du was dagegen, wenn ich den Pullover …? Es ist verflucht heiß hier.«

Sie fährt sich mit der Zunge über die Lippen. »Nein, natürlich nicht.«

Aus den Augenwinkeln sehe ich, dass sie mich anstarrt, nachdem ich aufgestanden bin. Mit einer raschen Bewegung zerre ich den Pullover über meinen Kopf und streiche mit beiden Händen über das Hemd, um es zu glätten. Dann setze ich mich zurück und stöhne erleichtert.

»Besser. Viel besser.«

Sie fährt mit den Fingern durch meine Frisur, wie mit einem Kamm. Ich sehe ihr in die Augen, und ihre Bewegung stockt. In mir taucht die Erinnerung auf, wie sie sich damals in meinen Haaren festgekrallt hat. Mein Mund in ihrem Schoß. Meine Zunge auf ihrer winzigen, harten Perle. Mein Kinn getränkt von ihrer Lust. Und ihre Hände in meinem Haar, so fest, dass es wehtat. Aber ich habe nichts gesagt. Nur ihren Schreien gelauscht.

»Finde ich auch«, flüstert sie. Als hätte sie plötzlich dieselbe Erinnerung gehabt wie ich. Sie zieht die Finger zurück und verschränkt sie auf dem Tischchen vor uns ineinander. Brav und züchtig. Wem will sie hier etwas vormachen? Ich weiß, wie sie ist.

Ihr Gesicht ist so nah, dass ich sie küssen könnte. Ich müsste mich nur vorbeugen und meine Lippen auf ihre … aber ich weiß, dass ich das nicht darf. Es wäre fatal, vor der Scheidung etwas mit ihr anzufangen. Und wenn ich sehr viel Pech habe – was wahrscheinlich ist – zieht sich der Termin noch einige Monate hin. Jonathan hat keinen Hehl daraus gemacht, dass er die Scheidung nach Möglichkeit verhindern will. Solange sie mit ihm verheiratet ist, ist sie tabu für mich. Zumal ich ihr Anwalt bin und mit einer Affäre meine Zulassung riskieren würde. Und ihre Abfindung.

Es würde mir das Herz brechen, wenn sie meinetwegen auf so viel Geld verzichten müsste. Weil ich meinen Schwanz nicht im Griff habe, der sich durch ihre Nähe erneut selbstständig macht.

Lilly

»Danke, dass du mir zugehört hast.« Ich verschränke die Arme vor der Brust. Obwohl es nicht kalt ist, fröstle ich in dem dünnen Kleid. Ich fühle mich ein wenig beschwipst vom *Pimm's*, natürlich sind aus dem gedachten Drink drei geworden. Bis mir seine Anwesenheit nicht mehr peinlich oder seltsam vorkam, sondern ... warm. Und prickelnd wie edler Champagner.

»Ich bring dich nach Hause.« Ohne meine Antwort abzuwarten, reißt er die Beifahrertür eines schwarzen Audi auf und zeigt mir der Hand hinein.

»Ich kann mir ein Taxi ...«, setze ich an, dann breche ich in Gelächter aus. Er macht ein Gesicht, als hätte er gerade in eine Zitrone gebissen. »Also schön. Aber ich wohne in Camden, das ist ein ganzes Stück durch die Stadt.«

Er schaut auf seine Armbanduhr. Ein bestimmt teurer, aber doch schlichter Chronograf. Keine protzige Rolex. Kein Gold, keine Diamanten. Ich denke an Jonathans Uhrensammlung und muss lächeln. Wie verschieden Männer sein können, die denselben Beruf und gesellschaftlichen Status haben. Aber offenbar einen unterschiedlichen Frauengeschmack, denn so, wie Braden mich den ganzen Abend über angesehen hat … mit dieser unverhohlenen Lust und Anerkennung im Blick. Ich könnte darin baden. Jonathan hat mich nie so angesehen. Nicht einmal vor fast sechs Jahren, direkt nach unserem Kennenlernen. Auch nicht bei seinem Heiratsantrag, der formvollendet im teuren Nobu-Restaurant stattfand, im Beisein seiner beiden Kanzleipartner. Wahrscheinlich wollte er ihnen seinen guten Geschmack beweisen, aber ein Zweikaräter von Tiffany hat wenig mit Geschmack, sondern nur mit genügend Geld zu tun. Ich wünschte, das wäre mir damals schon klar gewesen, als ich mich naiv von seinem Reichtum und seiner Selbstsicherheit habe täuschen lassen.

»Nun steig schon ein, Lilly. Um diese Uhrzeit ist der Verkehr nicht der Rede wert und ich kann noch fahren. Ehrlich.« Er wartet, bis ich in die tiefen Ledersitze gesunken bin, dann schlägt er die Tür zu und geht um den Wagen herum zur Fahrerseite. Ich nutze die Gelegenheit und lasse meinen Blick durch den Innenraum schweifen. Das Auto wirkt wie ein Statussymbol, aber innen sieht es aus, als würde Braden darin wohnen. Ich verkneife mir ein Grinsen, als ich eine zerdrückte Hamburger-Schachtel unter meinem Hintern hervorziehe und sie auf die Rückbank werfe. Mein Wagen sieht genauso aus, was Jonathan regelmäßig in den Wahnsinn getrieben hat. Ich habe den kleinen Alfa bei ihm gelassen, weil er ihn mir nicht direkt geschenkt hatte und ich mir deshalb bei der Scheidung keine Vorwürfe anhören wollte. Wahrscheinlich hat er ihn verschrottet, mit dem ganzen Kram darin, der davon zeugte, dass ich dieses Auto benutzt habe. Leere Starbucks-Becher. Selbstgebrannte CDs für das historisch anmutende Autoradio ohne iPhone-Anschluss. Notizblöcke mit Dingen, die mir während der Fahrt eingefallen sind und die ich unbedingt an einer roten Ampel aufschreiben musste. Notfall-Strumpfhosen und Slips im Handschuhfach. Oh Gott, Jonathan hatte recht. Ich bin wirklich eine Schlampe. Jedenfalls, wenn es um Autos geht. Ich spüre, dass ich vor Scham rot anlaufe.

Braden fährt langsam und gesittet, was mich wundert. Er wirkt wie ein Draufgänger, ein selbstbewusster, dominanter Mann. Ihm hätte ich einen rücksichtsloseren Fahrstil zugetraut, aber ich bin froh, dass er vorsichtig ist, zumal er ja auch was getrunken hat. Ich hab keine Ahnung, worüber ich mit ihm reden soll, also schalte ich das Radio ein und summe meinen Lieblingssong von John Newman mit. *Will you love me again?*

»Den Song liebe ich«, sage ich zur Seite gewandt und lächle ihn im Dunklen an. Was albern ist, sich aber trotzdem gut anfühlt.

»Oh ja. Und seine Frage brennt mir auf der Seele.«

Mein Herz zieht sich zusammen. Sein Blick zu mir rüber ist viel zu lang, ich halte den Atem an, um nicht herauszuplatzen, dass er auf den Verkehr achten soll. Tatsächlich sind die Straßen leer um diese Uhrzeit. In diesem Stadtteil. Bis auf ein paar schwarze Taxis, die Betrunkene nach Hause kutschieren, und einige verwirrte Touristen in großen Mietwagen, die Braden immer rasch überholt.

»Die nächste rechts. Und dann an der Ampel links in die Mansfield Road«, bestimme ich. »Nein, Quatsch. Rechts. Nicht links.« Himmel, er muss mich für total dämlich halten. Aber mit rechts und links hatte ich schon immer meine Schwierigkeiten, auch wenn ich das ungern zugebe.

Braden grinst. »Du bist auf jeden Fall ein spannendes Navi.«

»Oh, vielen Dank für das Kompliment.« Als er abbiegt, wechsle ich den Tonfall. »In einhundert Metern bitte links abbiegen in die Zielstraße.«

»Hier wohnst du?« Er beugt sich vor, um nach oben durch die Windschutzscheibe zu schauen. Ich bin ein bisschen beleidigt.

»Entschuldige, aber als angestellte Rechtsberaterin verdient man nicht so viel wie ein prominenter Scheidungsanwalt.«

»So habe ich das nicht gemeint.« Seine Hand liegt auf meinem Knie. Ich spüre seine Wärme deutlich durch die Seide und muss schlucken. Weil ich mich nicht bewege, lässt er sie dort liegen, während er weiter die Straße entlang fährt.

»Du musst mir sagen, wenn wir angekommen sind.«

»Nummer ... oh, Halt! Da hinten war es.« Mist, verdammt. Jetzt muss er mich endgültig für eine Idiotin halten. »Wir sind zu weit, du musst ... Oder lass mich einfach hier raus, ich gehe das Stück zurück.« Ich löse den Anschnallgurt, aber Braden macht keine Anstalten, anzuhalten. Er presst die Kiefer aufeinander und wendet scharf in einer

Toreinfahrt. So scharf, dass ich gegen ihn geschleudert werde. Seine Hand ist nicht mehr auf meinem Knie, dafür ist meine ... in seinem Schoß. Zwischen seinen Beinen. Und was ich da ertaste, ist sicher kein Portemonnaie oder Schlüsselbund. Hitze schießt mir ins Gesicht.

»Sorry«, murmle ich verlegen und ziehe mich auf meinen Sitz zurück. Der Wagen steht in umgekehrter Fahrtrichtung auf der Fahrbahn, und Braden sieht mich an. Seine Augen blitzen im Licht der rötlichen Straßenlaternen.

»Wenn das so ist ...« Er gibt so heftig Gas, dass die Reifen quietschen. Dann wiederholt er die rasante Wende, bis ich erneut fast in seinem Schoß lande. Ich lache wie ein Mädchen. Himmel, ich habe zu viel getrunken. Eindeutig.

»Na, wenn das mal keine gute Idee war.« Er klingt zufrieden mit sich. Aber das tut er immer. Ich frage mich, ob er überhaupt irgendeinen Makel hat. Ich meine, irgendwas an ihm muss doch komisch sein. Kein Mensch ist perfekt. Nur in meinen Gedanken.

»Nummer 33. Da vorne.« Ich beuge mich vor und zeige mit dem Finger auf das schlammfarbene Haus, in dem ich wohne.

»Nett«, sagt er schlicht, und ich knuffe ihn mit dem Ellbogen in die Seite.

»Ja, es ist nett. Ich habe entzückende Nachbarn, jedenfalls sind sie entzückend, wenn sie nicht betrunken sind und miteinander streiten. Oder kiffend am Fenster hängen, wie der Typ über mir. Was der so am Tag verqualmt, reicht mir, um selber high zu werden.«

»Du solltest hier nicht wohnen.« Braden schaltet den Motor ab, der ein leises Ticken von sich gibt.

Wie eine Uhr, die anzeigen will, dass unsere Zeit abgelaufen ist.

»Danke fürs Bringen. Du meldest dich dann, wenn du mehr weißt, ja?« Ich bücke mich nach meiner Handtasche, und als ich wieder auftauche aus dem großzügigen Fußraum, ist seine Hand in meinem Nacken. Wie zufällig. Meine Nackenhaare richten sich auf.

»Braden ...«

»I need to know now ...«, singt er leise, während er sich meinem Gesicht nähert. Mein Herz klopft so heftig, als hätte ich den längsten Sprint der Geschichte hinter mir. Das Blut wandert von meinem Kopf in tiefere Regionen.

»Du weißt, dass es nicht geht«, flüstere ich. Sein Mund ist meinem so nah, dass ich seinen Atem riechen kann. Er riecht nach gutem schottischen Whisky. Und nach Braden. Wie von selbst öffnen sich meine Lippen, einen Spalt nur.

»Lilly ...«, raunt er, dann streift sein Mund meine Wange. Meinen Mundwinkel.

Leise stöhnend schließe ich die Augen und lasse die Flashbacks zu, die seine Berührung in mir erzeugt. Flashbacks aus einer Nacht vor fünf Jahren, die nie verschwunden sind. Die mich heimgesucht haben, wenn ich entspannt in der Badewanne lag. Wenn ich mit Jonathan schlief. Ich atme tief durch die Nase ein, und ein Schwall seines Aftershaves erwischt mich. Oh. Mein. Gott. Ich bin verloren. Das hat er mit Absicht gemacht. Wieso bemerke ich das jetzt erst?

Seine Hände sind plötzlich überall an mir. Auf mir. Ich spüre seine Fingerkuppen auf den Brustwarzen. Sie streichen sanft über den dünnen

Stoff meines Kleides. Erregt ziehen sie sich zusammen, so wie sich mein Unterleib verkrampft. Und dann hat er meinen Mund mit seinem erobert. Er küsst mich vorsichtig, abwartend. Aber ich habe genug, um nicht mehr an mich halten zu können. Wild schlinge ich die Hände um ihn, ziehe ihn tiefer zu mir in den Sitz, bis er halb auf mir liegt. Mein Hinterkopf stößt heftig gegen die gepolsterte Tür, und dann küssen wir uns. Wie zwei Verrückte, die nicht sicher sind, was sie da gerade tun. In meinem Kopf explodiert etwas, als er seine Zunge zwischen meine Lippen drängt und forscher wird. So forsch, dass ich in seinen Mund keuche und mit der Hand sinnlos an ihm herumtaste. Wahrscheinlich reibe ich meine Handfläche gerade über seinen Schlüssel. Oder seinen Oberschenkel. Ich weiß nicht, was ich tue, aber ich will auch nicht damit aufhören.

Wieder und wieder schnappen wir nach Luft, nur um danach erneut die Münder aufeinander zu pressen. Mund auf Mund. Lippen auf Lippen. Hände auf Haut. Auf einmal spüre ich Haut. Muskeln, die unter meinen flatterhaften Berührungen zucken. Endlich erreichen meine Hände seine Härte. Er hat eine Erektion, und da ich genau weiß, was mich in seiner Hose erwartet, wird mir immer heißer. Ich schwitze. Ich fühle mich warm und feucht, überall. Ich will mein Kleid anheben und mich auf seinen Schoß setzen, hier, im Auto. Ihn in mir aufnehmen, damit er mich wieder so perfekt ausfüllen kann. Wenn Braden mich berührt, denke ich nicht mehr nach. Verliere die Vernunft. Das war schon damals so.

Doch als ich mich hochziehe, damit ich auf ihn klettern kann, fällt mein Blick auf die Fensterscheibe hinter ihm. Und auf ein Gesicht. Das Letzte, das ich wahrnehme, ist ein entsetzlicher Schrei. Der eindeutig von mir kam.

Braden

Gottverdammt. Ich bin so hart, dass es wehtut. Mein Gehirn ist blutleer. Keine Chance, die Hände bei mir zu behalten. Sie schmeckt so süß, so sinnlich. Ich greife in ihr Haar und halte sie fest, lasse meine Finger über ihren perfekten Körper gleiten, den ich unter dem seidigen Kleid fühlen kann. Sie ist warm. Heiß. Unsere Zähne treffen sich bei dem heftigen Kuss.

Dann windet sie sich unter mir, keucht. Richtet sich auf. Und schreit mir ins Ohr. Verwirrt schaue ich sie an, folge ihrem Blick und drehe mich um. Hinter mir grinst ein Mann ins Auto und klopft an die Scheibe.

»Verfluchte Scheiße«, schimpfe ich und stoße mit letzter Kraft die Tür auf. Rücksichtslos. Lilly starrt an mir vorbei. Sie hat sich auf dem Sitz zusammengekauert und scheint in eine Art Panik verfallen zu sein. Mit schmerzverzerrtem Gesicht klettere ich aus dem Wagen und greife dem jungen Mann an den Shirtkragen.

»Was fällt dir ein?«

»Hey, Mrs Palmer«, sagt er und beugt sich an meiner Schulter vorbei, um noch immer grinsend ins Auto zu schauen. Er hat rote, strubbelige Haare und eine Menge Sommersprossen auf der Nase. Er ist höchstens zwanzig, wenn überhaupt schon so alt, und trägt ein T-Shirt mit dem Aufdruck einer Band, die ich nicht kenne.

»Hallo, Ben.« Ich drehe mich langsam zum Fenster um. Lilly lächelt verkniffen und wedelt mit der Hand. »Lass ihn los, Braden. Das ist mein Nachbar.«

Verblüfft lockere ich meinen Griff und schaue sie an. Ihr Mund steht offen, ich habe ihre Frisur ruiniert. »Der Kiffer?«, frage ich mit hochgezogener Braue, und sie nickt.

»Was soll das, Ben? Du kannst nicht einfach hier reinstarren und ...«

»Sie stehen mitten auf der Straße.« Der Junge schiebt die Hände in die Hosentaschen und mustert mich feixend. »Ist das Ihr Mann? Nee, oder?«

Lilly wird rot.

»Das geht dich einen Scheiß an. Verschwinde«, sage ich wütend und deute auf das Haus. Alle Fenster sind dunkel. Ich weiß nicht einmal, in welcher Etage sie wohnt. In der Vierten, unterm Dach? Oder unten, in der Wohnung mit dem Erker zur Straße?

»Cool. Ich dachte, das macht man nicht mehr ab einem gewissen Alter. Im Auto rummachen und so.« Seine Pupillen sind riesig wie Untertassen. Er hat ganz bestimmt gekifft. »Haben Sie schon gevögelt oder wollten Sie gerade?«

Ein Knoten löst sich aus meinem Magen und steigt mir die Kehle hoch. Ich ziehe die Brauen zusammen und sehe ihn mit starrem Blick an. Der Junge lässt sich nicht einschüchtern. Steht einfach da und grinst mich so unverschämt an, dass ich ihm am liebsten die …

»Ben!«, ruft Lilly entsetzt. Er zuckt die Achseln und dreht sich endlich um, verschwindet im Hauseingang, dessen automatische Beleuchtung angesprungen ist. Ich beuge mich ins Auto. Lilly ist kreidebleich.

»Alles in Ordnung?«

»Ja.« Sie wischt sich eine Haarsträhne aus dem Gesicht und verzieht den Mund zu einem schiefen Lächeln. »Alles gut. Ich hab mich nur erschrocken.«

Ich kehre ins Wageninnere zurück, bleibe aber auf dem Fahrersitz. Der Schrecken steckt uns beiden in den Gliedern, und mir ist klar, warum wir so geschockt reagiert haben. Weil das, was wir gerade zu tun gedachten, eben nicht passieren darf. Nicht jetzt. Nicht bevor alles geregelt ist.

»Es tut mir leid«, sage ich leise und nehme ihre Hand. »Ich hätte nicht …«

»Nein. Nein, es war nicht deine Schuld. Ich hätte auch nicht …« Wir sehen uns in die Augen und fangen gleichzeitig zu lachen an. Lilly stöhnt. »Verdammt, ich dachte für einen Moment, Jonathan hätte uns aufgelauert.«

»Ich auch«, gestehe ich. Sie kichert unterdrückt, dann hebt sie ihre Handtasche auf. Sie beugt sich zu mir und legt eine Hand auf meine Wange. Mein Kiefermuskel zuckt.

»Vielleicht war das doch keine gute Idee. Du kannst mir bestimmt einen Kollegen empfehlen, der meinen Fall übernehmen wird?«

»Nein. Es würde ja auch nichts ändern, oder? Außer, dass wir uns gar nicht mehr sehen. Wir müssen nur Geduld haben.«

»Nur Geduld haben?« Sie verzieht das Gesicht. »Du sagst das so ...«

»Es wird nicht lange dauern, ich verspreche es. Und glaub mir – kein Scheidungsanwalt in London hat eine derart große Motivation, deine Scheidung so schnell wie möglich über die Bühne zu bringen, wie ich.«

»Da hast du wohl recht. Also, gute Nacht.« Lilly lehnt sich nach vorn und haucht einen Kuss auf meine Wange. In meinem Schwanz zieht es schmerzhaft, ich keuche unterdrückt auf. Dann steigt sie aus und schlägt die Tür zu. Das Geräusch fährt mir in den Magen, während ich ihr nachsehe, wie sie auf das Haus zugeht. Ihren kleinen Hintern betrachte, den Schwung ihrer Hüften. Sie trägt hohe Absätze, aber sie sind nicht so hoch, dass sie ihren Gang behindern würden. Im Gegenteil. Als die Haustür hinter ihr zufällt, lege ich die Stirn auf das Lenkrad und stöhne. Dann schlage ich mit der Faust auf das Leder.

Verfluchter Mist. Ich werde mich künftig im Griff haben und dafür sorgen, dass diese Scheidung die schnellste Scheidung Londons wird. Ich habe sogar eine Idee, wie ich das hinkriege.

Mit neuem Mut lasse ich den Motor an, dann befehle ich meinem Navigationsgerät, mich nach Hause zu dirigieren und schalte das Radio ein. Dass nun ausgerechnet dieser Song beim dritten Sender, den ich anwähle, ertönt, kann kein Zufall sein. Das ist unmöglich. Ich lache heiser und falle lautstark in den Refrain ein.

Lilly

Mir ist eiskalt, als ich die dunkle Wohnung betrete. Mein Körper ist steif, aber in meinem Unterleib prickelt und pocht es, was mir keine Ruhe lässt. Ich streife die Pumps von den Füßen und werfe meine Handtasche in den Flur, dann gehe ich aufs Klo. Das Bad ist winzig. Klo, Waschbecken, eine Badewanne – mehr braucht man ja auch nicht. Etwas wehmütig denke ich an das riesige Bad in Kensington zurück. An die schicke Regendusche und den Eckwhirlpool, den Jonathan hat einbauen lassen, damit ich abends nach der Arbeit darin entspannen kann.

Nachdem ich mich erleichtert habe, lasse ich heißes Wasser in die schmale Wanne einlaufen, gehe in die Küche und hole ein Glas von dem Champagner, den ich früher am Abend geöffnet habe. In einem meiner Küchenschränke liegt meine Notfallpackung mit Zigaretten. Ich habe sie nicht angerührt, seit ich hier wohne. Das Rauchen habe ich Jonathan zuliebe aufgegeben, weil er es schrecklich fand und ich irgendwann auch keine Lust mehr hatte, bei Kälte oder Regen auf dem Balkon zu stehen und zu frieren. In der Wohnung herrschte Rauchverbot. Aber in all den Jahren hatte ich immer diese Notfallschachtel in meiner Nähe, weil sie mich beruhigte.

Heute genügt es mir nicht, sie im Schrank zu wissen, also nehme ich sie mit. Ich trage alles ins Bad, schließe die Tür und ziehe mich aus. Ich muss meine Arme verdrehen, um den Reißverschluss zu öffnen. Die Seide raschelt wie elektrisiert, als ich das Kleid sorgfältig zusammenlege und in dem kleinen Regal mit Handtüchern verstaue. Der Badeschaum duftet nach Jasmin, mein Lieblingsduft. Seufzend lasse ich mich vom warmen Wasser umarmen und schließe die Augen.

Was für ein Tag. Ach Quatsch, was für eine Woche! Dass Kristen mir ausgerechnet den Mann als Anwalt empfiehlt, der vor fünf Jahren einen riesigen dunklen Flecken auf meiner ansonsten reinen Weste hinterlassen hat ... Das Schicksal spielt einem manchmal schöne Streiche. Fünf Jahre lang hatte ich ein schlechtes Gewissen Jonathan gegenüber, und es ist bis jetzt nicht verschwunden. Obwohl mein betrunkener Fehltritt im Vergleich zu seinen Ausschweifungen nicht der Rede wert sein sollte. Aber wenn man schon nicht Gleiches mit Gleichem vergelten kann, sollte man seine Fehler auch nicht untereinander vergleichen und abwägen, wer die Schlimmeren begangen hat. Es führt zu nichts, außer dazu, dass man sich selbst aufreibt.

Meine Knie zittern immer noch. Die Wanne ist zu klein, um die Beine auszustrecken, deshalb kann ich das sogar sehen. Ich nippe am Champagner, dann zünde ich mir eine Zigarette an. Der erste Zug geht tief in die Lunge und macht mich schwindelig. Es tut so gut, es beruhigt mich.

Und wenn ich ehrlich bin, verspüre ich so etwas wie Genugtuung, weil ich im Bad rauche. Ich lache über mich selbst. Ich komme mir vor wie ein trotziger Teenager, der gerade zu Hause ausgezogen ist und nun seine angebliche Freiheit genießt. Vielleicht soll es so sein, es waren fünf lange Jahre. Sehr lange Jahre.

Wenn ich die Augen schließe und an der Zigarette ziehe, sehe ich Braden vor mir. Die Begierde in seinen Augen. Ist es normal, dass mich sein Begehren so anmacht? Ich bin mir gar nicht sicher, ob ich wirklich so heftig auf ihn reagiere. Oder ob meine Reaktion auf ihn nur eine Folge seines Interesses an mir ist? Bei Jonathan war es damals definitiv so. Wäre er nicht so hartnäckig gewesen und hätte er mir nicht ganz altmodisch den Hof gemacht, hätten wir niemals geheiratet. Wir hätten nicht einmal miteinander geschlafen, denn nach unserem ersten Treffen hinterließ er keinen besonderen Eindruck. Aber seine Hartnäckigkeit imponierte mir. Ich war so jung und nicht daran gewöhnt, dass Männer sich so stark für mich interessierten. Dass sie mir förmlich nachliefen, mich mit Aufmerksamkeit und teuren Geschenken überschütteten. Jonathan war der Erste, und ich habe mich von ihm ganz und gar einwickeln lassen. Bis ein Jahr nach unserer Hochzeit etwas passierte, was alles veränderte. Und unsere Ehe zum Scheitern verurteilte. Ich wollte es damals nur noch nicht einsehen.

Meine Hand legt sich wie von selbst auf meinen Bauch, der sich unter meinen Fingern verkrampft. Das Schuldgefühl schleppe ich seither mit mir herum. Vielleicht habe ich all das einfach verdient. Falls das Schicksal auf Gerechtigkeit aus ist.

Ich ziehe ein letztes Mal an der Zigarette, dann werfe ich sie ins Klo neben der Wanne, weil ich keinen Aschenbecher habe.

Ich lege ein Bein über den Wannenrand. Das Ziehen in meinem Schoß verstärkt sich, als ich die Augen schließe und Braden wieder in meinem Geist auftaucht. Meine Lippen kribbeln in Erinnerung an unseren Kuss. Obwohl das Wasser so warm ist, überzieht eine Gänsehaut meinen Körper. Er hat etwas an sich, das mich magisch anzieht. Wie Schokolade. Oder guter Rotwein. Beidem kann ich nicht widerstehen, auch wenn ich weiß, dass ich die Finger davon lassen sollte. Rotwein vertrage ich nicht, und Schokolade wandert mir ohne Umweg auf die Hüften, was man inzwischen leider ein bisschen sieht.

Ich bin mir sicher, dass Braden Schokolade und Rotwein für mich ist. Er wird mir schlecht bekommen, vor allem, wenn ich weiter ungeduldig bin und nicht abwarte, dass die Scheidung hinter mir liegt. Danach bin ich frei, aber ... Wird er sich dann überhaupt noch für mich interessieren? Ist es nur Sex, körperliche Anziehungskraft, die uns verbindet? Ich kenne ihn kaum, weiß nichts über ihn. Welche Hobbys er hat. Welche Bücher er liest, welche Filme er mag. Ob er gern ausgeht, oder wohin er verreist. Wovon er träumt. Was ihm im Leben wichtig ist.

Das alles sind Dinge, die man von dem anderen wissen sollte, bevor man sich aufeinander einlässt.

Von Jonathan wusste ich all das. Ich fertigte damals vor der Hochzeit eine Liste an, auf die ich unsere Gemeinsamkeiten und unsere Gegensätze schrieb. Da die Seite mit dem Gemeinsamkeiten überwog, nahm ich seinen Antrag an. Heute weiß ich, dass ich die Punkte hätte gewichten müssen. Schließlich ist es wichtiger, dass jemand im Punkt *Familie gründen* dieselbe Einstellung hat, als dass jemand Nicholas Sparks mag. Ich war so ein Idiot.

Prickelnde Anziehungskraft fand sich in dieser Auflistung gar nicht. Auf Bradens Liste würde sie ganz oben stehen. Mehrfach unterstrichen. Es ist verrückt, dass mein Körper auf einen Mann reagiert wie ein pawlowscher Hund auf einen Reflex. Er muss nicht mal ein Glöckchen läuten. Es genügt, dass ich ihm in die Augen sehe. Auf seine schönen, schlanken Hände. Auf die breiten Schultern oder die schmalen Hüften. Auf das Grübchen neben seiner Lippe. Schon zieht sich mein Unterleib zusammen, meine Brustwarzen werden hart.

Während ich mich in Gedanken an Braden verliere, streichen meine Finger wie von selbst über meinen Körper. Ich ertaste die harten Nippel, die sich zu winzigen Knötchen zusammengezogen haben. Erspüre die warme Feuchtigkeit zwischen meinen Schenkeln. Ein Schauer läuft mir über den Rücken. Ich schließe die Augen und gebe mich meinen Fantasien einfach hin. Stelle mir vor, was geschehen wäre, wenn wir im Auto vorhin nicht gestört worden wären. Wie ich mich auf ihn gesetzt hätte, das Lenkrad im Rücken, und ihn in mir aufgenommen hätte. Seinen perfekten, großen, harten Schwanz.

Und oh Gott, ja, er war hart. Verdammt hart. Ich höre mich selbst leise keuchen, als zwei Finger in mich hineingleiten. Meine Hüften heben sich, mein Handballen kreist auf der harten Knospe, die erwartungsvoll pocht.

Dann reißt mich ein Klopfen aus der Trance. Es ist ein leises Klopfen, und es kommt vom Fenster. Erschrocken zucke ich zusammen, fahre hoch und starre gegen die schwarze Fensterscheibe. Das ist unmöglich. Ich bin im dritten Stock. Vor oder neben dem Fenster ist kein Balkon. Niemand kann an mein Fenster klopfen, der nicht Spiderman oder Batman heißt. Meine Hände fangen an zu zittern. Ich starre auf meine Finger, die Haut ist vom Wasser schrumpelig geworden. Dann richte ich den Blick wieder auf das Fenster, und im selben Moment ertönt es von Neuem. Das leise Klopfen. Es klingt fast, als ob ein winziger Vogel gegen die Scheibe flattern würde. Ich sehe eine Bewegung, doch es ist zu dunkel draußen, um etwas zu erkennen.

Mit weichen Knien klettere ich aus der Wanne, schlinge das Badetuch um meinen nassen Körper und presse die Stirn gegen die Scheibe. Dann trifft mich fast der Schlag. Vor der winzigen Scheibe entdecke ich ein gebogenes Metallrohr, das mich an ein U-Boot denken lässt. Das darf ja wohl nicht wahr sein! Wütend reiße ich das Fenster auf und beuge mich hinaus, schaue mit verdrehtem Oberkörper nach oben.

»Ben! Bist du total durchgeknallt, oder was?«, brülle ich in die dunkle Nacht. Die Straße in Camden ist ruhig um diese Uhrzeit, es ist eine ordentliche Wohngegend. Na ja, halbwegs ordentlich jedenfalls.

Schwankend wird das Rohr nach oben gezogen. Ich höre ihn unterdrückt lachen über mir, unterm Dach. Mein Herz klopft so hart gegen meinen Kehlkopf, dass ich schlucken muss.

»Du bist ein perverses Schwein!«, rufe ich noch empört, bevor ich ins Bad zurückkehre und das Fenster zuschlage. Von unten höre ich die Stimme der dicken blondierten Frau, die ihr Schlafzimmerfenster geöffnet hat und »Ruhe da oben!« brüllt. Muss die gerade sagen!

Ich bin sauer. Am liebsten würde ich mich anziehen, nach oben marschieren und ihn zur Rede stellen. Aber ich habe Angst. Angst vor einem kiffenden Zwanzigjährigen, der mich wie ein kleiner Junge mit einem Periskop beim Baden beobachtet hat. Unglaublich. Morgen werde ich eine blickdichte Folie für das kleine Badezimmerfenster kaufen. Da ich Gardinen und Vorhänge hasse, ist das wohl die beste Lösung.

Ich schlüpfe in einen Seidenpyjama, den Jonathan mir vor drei Jahren aus Asien mitgebracht hat, und krieche unter die Bettdecke. Dann schalte ich den Fernseher ein und zappe durch die Kanäle, bis ich auf *Casablanca* stoße. Ich beruhige mich mit einem letzten Glas Champagner und dem Anblick von Humphrey Bogart, und schon bald darauf ist der kurze Schock von Bens Spanner-Attacke vergessen. Nicht vergessen ist jedoch der Kuss in Bradens Auto. Wann immer Humphrey Bogart Ingrid Bergman in die Augen schaut, flattern riesige Insekten durch meinen Bauch. Ich wünschte, ich könnte meine Fehler rückgängig machen. Einen Reset-Knopf drücken und noch einmal von vorn anfangen. Aber das geht im Leben nicht. Das geht nur bei dämlichen

Computerspielen, bei denen man jedes Level von vorn spielen kann, wenn man seine Leben verloren hat. Ich habe zum Glück noch kein Leben verloren. Nur fünf Jahre davon. Und ich will einfach glauben, dass es eine zweite Chance für mich gibt. Nur dieses eine Level noch mal versuchen.

Lilly

»Was hat er dazu gesagt?« Mit weit aufgerissenen Augen starre ich Braden an, der mir an seinem Schreibtisch gegenübersitzt. Seine Hände liegen locker im Schoß. Er lehnt sich lässig im Stuhl zurück und wirkt völlig ungerührt, während ich mit rasendem Puls auf seine Äußerung reagiere.

»Ich habe es ihm nicht persönlich mitgeteilt, sondern postalisch. Und ihn gebeten, eine Auflistung seiner Vermögenswerte zu schicken, da ich sie anderenfalls schätzen lassen muss.« Braden lächelt. Himmel, er wirkt so selbstsicher in diesem Moment, dass sich mein Magen verknotet. Ich bin zittrig, was eigentlich albern ist. Was habe ich denn zu befürchten?

»Also weiß er jetzt, dass du mein Anwalt bist«, stelle ich überflüssig fest. »Dann warte ich gespannt, ob er sich deswegen bei mir meldet.«

Braden nickt. Er schlägt einen Ordner auf und dreht ihn um, bevor er ihn über den Tisch zu mir schiebt. »Hier ist die Auflistung, die ich selbst angefertigt habe. Dinge, von denen ich weiß oder die wir aufgrund der öffentlichen Listen herausfinden konnten. Vielleicht schaust du mal drüber? Falls dir noch was einfällt.«

»Es ist mir egal«, sage ich und schiebe den Ordner zu ihm zurück, ohne auch nur einen Blick darauf geworfen zu haben. »Wie ich schon sagte ... es geht mir nicht um Geld.«

»Lilly.« Braden beugt sich vor und sieht mir fest in die Augen. Ich schlucke. »Ich bin Anwalt, und ich stehe für Gerechtigkeit. Meiner Meinung nach hast du jeden Penny verdient, den er dir schuldig ist. Ihr wart verheiratet, und das Geld steht dir zu. Zumal euer Ehevertrag einige sittenwidrige Vereinbarungen enthält, die das ganze Ding wertlos machen. Für ihn.«

Er zwinkert mir zu. Ich richte mich im Stuhl auf und versuche, seinem eindringlichen Blick standzuhalten. Mein Magen flattert.

»Was meinst du damit?«

»Er ist damals wohl übers Ziel hinausgeschossen. Hast du den Vertrag denn nicht geprüft, bevor du ihn unterschrieben hast? Herrgott, Lilly, du bist Juristin! Ich dachte, ich träume, als ich das Ding gelesen habe.« Er schüttelt den Kopf und verzieht den Mund. Meine Wangen werden heiß.

»Es war mir egal«, gestehe ich. »Ich war nie darauf aus, mich scheiden zu lassen und Profit aus der Ehe zu ziehen.« Braden greift nach meiner Hand und fährt mit dem Daumen über meine Fingerknöchel. Ein Schauer rinnt mir die Wirbelsäule hinunter, aber ich ziehe meine Hand nicht weg. »Tut mir leid. Ich weiß, ich höre mich an, als ob ich dich für eine Goldgräberin hielte. Ich weiß, dass emotionaler Schmerz in dieser Trennung steckt. Ich will nur, dass er dafür bezahlt.«

Ich schnaube verächtlich. »Als ob man seelische Schmerzen mit Geld vergelten könnte. Ehrlich, Braden, ich hatte irgendwie ... was anderes von dir erwartet.«

»Was ist 2009 passiert?«, fragt er unvermittelt.

Ich kneife die Augen zusammen. Dann ziehe ich langsam meine Hand zurück und verschränke die Arme vor der Brust. »Was meinst du? Was soll da passiert sein?«

»Vor vier Jahren ist etwas zwischen euch passiert. Das weiß ich, und ich muss wissen, was es war. Um keine bösen Überraschungen vor Gericht zu erleben.« Braden sieht mich so fest an, dass es mir unangenehm ist. Ich wende den Blick ab und schaue an ihm vorbei durch sein Fenster auf die Terrasse des Nachbarhauses. Kensington. Für fünf Jahre war es meine Heimat. Wieso kommt es mir jetzt vor wie eine andere Welt?

»Woher willst du das wissen?«, frage ich und mustere ihn scharf. Mein Puls beschleunigt sich. Was verbirgt er vor mir? Er kann unmöglich davon wissen, es sei denn, er ... mir wird übel.

»Hast du doch mit Jonathan gesprochen? Was hat er gesagt?«

»Ich habe nicht mit ihm gesprochen, Lilly. Noch nicht. Aber aus deinen Unterlagen geht hervor, dass du im November 2009, ein Jahr nach eurer Hochzeit also, angefangen hast, Geld auf ein geheimes Konto zu transferieren. Die bis heute angesparte Summe ist übrigens sehr hübsch.«

Ich spüre, dass ich rot werde. Unruhig falte ich ein Blatt Papier von seinem Schreibtisch so oft zusammen, bis es ein winziges Rechteck ist. »Du machst dir zu viele Gedanken, Braden. Ich habe damals einfach beschlossen, endlich zu sparen. Es war mein erster Job nach dem Studium und ich verdiente zum ersten Mal im Leben Geld, das mir nicht jemand am Freitagabend bar in die Jeanstasche stopfte.« Braden lacht heiser. »Das glaube ich dir nicht, Lilly.« Er beugt sich wieder zu mir vor.

»Ich kann es dir nicht sagen, Braden. Und ich will auf keinen Fall, dass es vor Gericht ausgebreitet wird. Auf gar keinen Fall. Verstehst du?«

»Hat er dich verletzt? Geschlagen? Damals schon betrogen?« Braden zieht eine Braue hoch und presst die Kiefer fest aufeinander. Ich schüttle den Kopf.

»Nein. Es war ... vergiss es einfach, ja? Bitte.« Ich fange an zu schwitzen. Ich will nicht daran denken, schon gar nicht darüber sprechen. Und erst recht nicht mit ihm.

»Ich kann für nichts garantieren. Falls es etwas ist, das Jonathan gegen dich verwenden kann bei dieser Scheidung ... Ich bin mir sicher, dass er es tun wird. Davor kann ich dich nicht beschützen, so gern ich es täte.«

Oh mein Gott. Das habe ich nicht bedacht. Mit glühenden Wangen zermartere ich mir das Hirn, ob er die Sache gegen mich auslegen könnte. Was steht dazu im Gesetz? Es wäre besser, offen zu sein und die Sache von Anfang an gegen *ihn* zu verwenden. Es gibt allerdings kein Gesetz für so etwas. Emotionale Erpressung? In der Ehe? Ich lache bitter als mir auffällt, dass damit wohl jeder Ehemann und auch jede Ehefrau wegen irgendwas vor Gericht landen könnte. Gibt es überhaupt Beziehungen ohne emotionale Erpressung? Jedes Verweigern von Sex, jedes Zurückziehen nach einem Streit, jede Form von Liebesentzug besteht doch nur daraus. Und in den meisten Beziehungen, die ich kenne, gehört das ganz selbstverständlich dazu. Vielleicht kenne ich aber auch nur kaputte Beziehungen, wer weiß.

»Lilly ...« Bradens sanfte Stimme holt mich in die Gegenwart zurück. Inzwischen habe ich angefangen, das Papier zu zerrupfen. Ein weißer Haufen aus Schnipseln liegt zwischen uns auf dem Tisch. Braden senkt den Blick und starrt auf meine Hände, die zu zittern anfangen.

»Ich kann das nicht. Bitte, denk nicht weiter darüber nach.«

»Gut.« Er sieht mir wieder in die Augen, und mein Herz zieht sich zusammen. Dann klopft es auf einmalschneller, denn in seinem Blick ist keine Sorge mehr. Kein Ärger. Ich sehe nur noch eins darin, und ich weiß, was dieser Blick bedeutet. Es ist derselbe Blick, mit dem er mich auch damals angesehen hat. In der Bar. Vor fünf Jahren.

»Ich muss los«, sage ich hastig und stehe auf. »Im Büro wartet ...«

»Es ist gleich sieben, Lilly.« Er schüttelt den Kopf und steht ebenfalls auf. »Im Büro wartet garantiert niemand mehr.«

»Ich habe Arbeit mitgenommen.« Verlegen zeige ich auf die Aktentasche, die ich gerade aufgehoben habe. »Ein Vertrag, den ich ...«

»Heute nicht mehr«, unterbricht er mich, geht mit raschen Schritten um seinen riesigen Schreibtisch herum und bleibt dicht vor mir stehen. Legt die Hände auf meine Oberarme und sieht mich an. Da er nicht viel größer ist als ich, jedenfalls nicht, wenn ich diese Schuhe trage, sehen wir uns problemlos in die Augen. Unsere Lippen sind fast auf einer Höhe, und seine nicht mehr weit von meinen entfernt. Wie von selbst öffnet sich mein Mund, obwohl ich mich zwingen will, zu gehen. Wieder knistert die Luft zwischen uns bedrohlich. Als ob man sie anfassen könnte.

»Wie wäre es mit einem Drink? Ein bisschen reden, was trinken ... ganz unschuldig.«

Er grinst schief, und ich muss lachen.

»Ernsthaft? Wie viele deiner Mandantinnen lädst du abends auf einen Drink ein, Braden? Alle? Nur die Attraktiven? Nur die, mit denen du ins Bett willst?«

Er lässt meine Arme so abrupt los, als hätte er sich verbrannt. Seine Miene wird hart. »Denkst du wirklich so über mich, Lilly?«

Ich zucke die Achseln und presse die Lippen fest aufeinander. »Ich weiß nicht, was ich denken soll, Braden. Ich kenne dich so gut wie gar nicht.«

Er runzelt die Stirn. »Dann geh mit mir aus. Auf einen Drink. Und lern mich kennen.«

»Wir sollten das nicht ... Was, wenn uns jemand sieht und Jonathan davon erfährt?« Ich knete meine Finger und beiße mir auf die Lippe. Braden saugt scharf die Luft durch die Zähne ein. Sein Blick ruht fest auf meinem Mund, und er fährt sich mit der Zunge über die Lippen. Mein Nacken kribbelt.

»Ich bin dein Anwalt. Niemand wundert sich darüber, dass wir zusammensitzen. Es gibt Dinge zu besprechen.«

»Das können wir *hier* tun.« Ich zeige auf die Möbel in seinem Büro. »Dazu müssen wir nicht ausgehen.«

»Gut. Dann nehmen wir *hier* noch einen Drink. Setz dich.« Grinsend deutet er auf ein knautschiges Ledersofa, das neben der Tür steht. Zwei Cocktailsessel aus demselben alten Leder und ein runder Tisch bilden eine gemütlich wirkende Sitzgruppe. »Braden, ich ...« Er geht zu einem antiken Schrank an der Seite und schließt eine Tür auf. Dahinter verbirgt sich eine gut sortierte Bar. Ich lache.

»Okay. Offenbar bin ich nicht die Erste, die in deinem Büro Alkohol trinkt.« Etwas erleichtert stelle ich die Aktentasche ab und setze mich auf das Sofa. Das Leder ächzt unter meinem Gewicht.

»Absolut nicht. Du ahnst nicht, wie häufig ich hier Alkohol ausschenken muss, um Gemüter zu beruhigen. Scheidungen gehen selten emotionslos über die Bühne.«

»Das kann ich mir denken.« Zurückgelehnt verschränke ich die Hände über dem Knie und beobachte ihn, wie er zwei elegante Kristallgläser mit bernsteinfarbenem Scotch füllt. Ich bin mir sicher, dass er hier keinen billigen amerikanischen Fusel ausschenkt, obwohl ich nicht genug über ihn weiß, um diesen Schluss zu ziehen. Ich bin mir einfach sicher. So wie man sich sicher ist, dass es morgen regnen wird, auch wenn der Wetterbericht etwas anderes vorhersagt. Intuition. Bauchgefühl.

»Eis oder Wasser?«

»Pur, danke.« Er lächelt zufrieden, dann stellt er beide Gläser auf den runden Tisch und setzt sich neben mich. Seine Nähe jagt mir einen Schauer über den Rücken.

»Ich bin kein besonders geduldiger Mensch, Lilly.« Er sieht mich nicht an, während er spricht, sondern schaut auf den Tisch vor uns. Ich nehme mein Glas in beide Hände und lehne mich auf dem Sofa zurück. Betrachte ihn von der Seite und höre ihm zu. Er hat ein wunderschönes Profil. Markant und ebenmäßig. Wie eine griechische Statue. Wie ein Gemälde. Mein Bauch kribbelt. Kein Mann sollte so schön sein dürfen. Er ist eine wandelnde Gefahr für jede anständige Frau. Eigentlich kann ich mir selbst kaum einen Vorwurf machen, dass ich damals mit ihm gegangen bin. Wie zum Teufel hätte ich ihm widerstehen können? Das wäre unmenschlich gewesen.

»Ich kann warten. Wenn es sich lohnt.« Er wendet sich mir zu. Sein intensiver Blick macht mich nervös, also nippe ich an dem Whisky, der wie erwartet sehr gut ist und gar nicht brennt. Geschmeidig und weich rinnt er meine Kehle hinab und hüllt mich in eine innere Wärme, die so gar nicht zu meiner Gänsehaut passt.

»Und du glaubst, dass es sich lohnt, auf mich zu warten?«, frage ich leise. »Wieso glaubst du ...?«

»Weil ich es weiß«, raunt er mir zu und beugt sich gleichzeitig zu meinem Ohr, sodass ich seinen Atem auf dem Hals spüre. Ich unterdrücke ein Stöhnen. Großer Gott, er ist meine menschliche Versuchung. Meine Prüfung. Wenn wir jetzt und hier ... niemand würde davon erfahren. Auch Jonathan nicht. Das Büro ist leer, wir sind sicher. Und das Ziehen in meinem Unterleib verstärkt sich. Meine Hände kribbeln, weil sie ihn berühren wollen. Die Muskeln an seinem Oberkörper entlang fahren wollen, so wie damals. Ein Spruch von Oscar Wilde fällt mir ein.

Der einzige Weg, eine Versuchung loszuwerden, ist, ihr nachzugeben. Selten kam mir ein Zitat passender vor als dieses. Heute.

Vielleicht reizt Braden mich nur, weil er tabu ist? War ich nicht schon immer so? Waren es nicht schon immer die Dinge, die den Geschmack von verbotenen Früchten in sich trugen, die mich am meisten reizten? Schon meine Mutter hatte mir vor vielen Jahren vorgeworfen, dass sie mir einfach nur etwas verbieten müsste, damit ich es tat. Hausaufgaben machen. Lernen. Zimmer aufräumen. Geschirr abspülen. Wahrscheinlich hat sie mich deshalb nie vor Drogen gewarnt. Oder vor gefährlichen Männern. Jetzt glaube ich, dass sie es hätte tun sollen. Zumindest hätte mich jemand vor Braden Bennet warnen müssen, bevor ich seinetwegen meine Ehe ruinierte. Noch vor der Hochzeit.

Braden

Heilige Scheiße. Mein Schwanz schwillt schon wieder an. Weil sie so dicht neben mir sitzt, dass ich sie riechen und spüren kann. Ich sollte aufstehen und mich auf den kleinen Sessel gegenüber setzen. Abstand zwischen uns bringen. Aber ich kann nicht. Will nicht. Der Whisky hilft mir nicht, im Gegenteil. Mit jedem Schluck wird das Brennen in mir stärker. Und ich werde mutiger.

»Du wolltest mich kennenlernen«, sage ich, um überhaupt etwas zu sagen, das nicht zu anzüglich klingt. Leider fällt meinem Hirn wenig ein, das nicht in die Kategorie sexuelle Belästigung einer Mandantin fallen würde. Was macht diese Frau nur mit mir? Ich habe mich immer gut im Griff, so wie ich mein ganzes Leben im Griff habe. Ich bin ein gottverdammter Kontrollfreak und lasse mich selten aus der Bahn werfen. Ihre bloße Anwesenheit bringt mich dazu, mich wie in einer Achterbahn zu fühlen. Hin und her geworfen von unsichtbaren Kräften.

»Also, fangen wir an mit dem heiteren Frage- und Antwort-Spiel?«

Sie zieht die Brauen hoch. Perfekt gezupft und hell sind sie. Wenn man genau hinsieht erkennt man, dass sie die Form mit einem hellbraunen Stift nachgemalt hat. Wahrscheinlich haben ihre Brauen sonst dieselbe Farbe wie ihr Haar. Im Dunklen sieht es fast brünett aus, nur wenn Licht darauf fällt, schimmert es rot. Die Farbe hat mich damals fast in den Wahnsinn getrieben, und ich weiß, dass sie eine echte Rothaarige ist. Die Erinnerung bringt mich zum Schwitzen. Verdammter Whisky, ich hätte Tee trinken sollen, um mich zu beruhigen. Jetzt ist es zu spät. Draußen dämmert es bereits, und im Büro brennt nur noch die antike grüne Lampe auf dem Schreibtisch. Ich will kein weiteres Licht einschalten, weil die Stille und die Dunkelheit uns Schutz geben. Vielleicht sogar genug Schutz, um sie hier auf dem Sofa ... Ich schlage die Beine übereinander und lehne mich lässig zurück. Lege einen Arm auf die Rückenlehne des Sofas und unterdrücke ein Grinsen, als sie zusammenzuckt. Ganz leicht lasse ich meine Fingerspitzen über ihren Nacken huschen. Sie weicht nicht zurück, bleibt stocksteif neben mir sitzen.

»Was meinst du mit Frage- und Antwort-Spiel? Soll das hier ein Date werden?« Ihre Augen blitzen, als sie langsam den Kopf dreht und sich mir zuwendet. Ihr Gesicht ist wunderschön. Wie ihr Name. Lilian. So sinnlich. Sie sieht tatsächlich aus wie eine Lilie. Rein und unschuldig, und doch so elegant und stilvoll, dass man die Abgründe ahnt. Ich ahne sie nicht nur, ich kenne sie. Weil ich sie bereits erlebt habe. Weil ich weiß, wie leidenschaftlich sie ist.

»Braden?« Oh verflucht, ich habe nicht geantwortet.

»Entschuldige. Was?«, frage ich. Meine Lippen kräuseln sich zu einem Lächeln.

»Ob das hier ein Date werden soll?« Ihre grünen Augen funkeln im trüben Licht.

»Wieso nicht? Du wolltest mich doch besser kennenlernen, also ...?«

»Also schön. Dann fange ich an mit der ersten Frage. Harrods, Harvey Nichols oder Selfridges?«

Ich lache laut. Sie grinst und lockert den Oberkörper. Lehnt sich gegen die Rückenlehne, sodass meine Finger nun endgültig ihren Nacken berühren. Die warme, nackte Haut unter den hochgesteckten Haaren. Meine Hand juckt und ich reibe die Handfläche vorsichtig an dem Leder des Sofas, um den quälenden Reiz loszuwerden.

»Weder noch«, antworte ich dann. »Ich habe einen Schneider.«

»Oh.« Ihr Mund verzieht sich. Sie sieht mich spöttisch an. »Entschuldige, natürlich hast du einen eigenen Schneider. Wie dekadent!«

»Bevor du dich über mich lustig machst ... Liem ist Chinese, 54 Jahre alt, hat sieben Kinder und verdient seinen Lebensunterhalt mit der Schneiderei. Er fertigt perfekte Maßanzüge und Hemden an, und dabei kostet so ein Anzug nur ein Drittel von dem Designerzeug, was in den von dir präferierten Geschäften angeboten wird. Ich bekomme also Maßanzüge nach meinem eigenen Geschmack und spare sogar noch Geld. Davon abgesehen, dass ich damit eine chinesische Großfamilie unterstütze und keinen arabischen Großinvestor.«

»Punkt für dich.« Sie lächelt. »Du bist dran. Was möchtest du über mich wissen?«

Ich denke über meine Frage nach. So lange, dass sie ungeduldig wird. Ich mag es, wenn sie unruhig ist. Es erinnert mich an jene Nacht. Daran, wie ich sie habe zappeln lassen. Wie sich mich angefleht hat, weil ich ihr nicht erlauben wollte, zu kommen. Weil ich sie stundenlang an der Schwelle gehalten habe und es genoss, sie so zu sehen. Wimmernd, sich unter mir windend. Verschwitzt und mit verzerrtem Gesicht. Großer Gott, meine Hose wird immer enger.

»Wäre die Antwort auf die Frage, ob ich dich jetzt und hier lecken darf, die gleiche Antwort wie auf diese Frage?«

Röte schießt ihr so unvermittelt in die Wangen, dass ich lachen muss.

»Großer Gott, Braden!« Sie schlägt die Hände vors Gesicht und schüttelt sich. Dann höre ich sie kichern. »Du bist unmöglich!« Sie nimmt die Hände runter und sieht mich an. Ihre Zungenspitze schnellt hervor, leckt über die Lippen. Ich sehe, wie sie die Schenkel zusammenpresst, und muss grinsen.

»Fragst du so was immer beim ersten Date?« Sie legt den Kopf schief. Ihr Gesicht glüht, und ich möchte die Hand ausstrecken und mit den Fingern ihre Konturen nachzeichnen. Diese starken Wangenknochen. Das spitze Kinn. Die Form ihres süßen, vollen Kirschmundes ...

»Streng genommen ist das hier kein Date. Und schon gar nicht unser erstes. Außerdem würde ich dich wirklich gern ...« Ich beuge mich zu ihr. Meine

Lippen sind dicht an ihrer Ohrmuschel. »Es ist juristisch gesehen kein Fehler, das weißt du. Solange wir nicht ...«

»Oh Gott. Das ist doch nicht dein Ernst.« Sie zieht die Schultern zusammen, ohne mich anzusehen, und spielt mit ihrem Ehering. Ständig zieht sie ihn bis zum ersten Fingerglied hoch und schiebt ihn anschließend wieder zurück. Warum trägt sie ihn überhaupt noch?

»Ich spüre, dass du mich willst, Lilly. Weißt du noch, damals? Ich habe dich geleckt. Lange. Sehr lange. Du hast deine Schenkel so fest gegen meine Ohren gepresst, dass ich es noch Tage später gespürt habe. Du hast geschrien. Geschwitzt. Gejammert. Mich verflucht. Gelacht. Geweint.«

»Hör auf«, flüstert sie. Ich spüre, wie sie unter meinem Arm erschauert. »Bitte, Braden ...«

Vorsichtig lege ich meine freie Hand auf ihr Knie und schiebe ihren Rock etwas höher. Sie trägt eine Strumpfhose. Das Nylon knistert, als ich meine Finger über ihr Bein reibe. Feine Härchen drängen sich mir durch den dünnen Stoff entgegen. Sie wendet den Kopf, ihr Mund ist leicht geöffnet. Ihre Brust hebt und senkt sich schneller, sie atmet flach.

»Nur lecken«, raune ich, dann beuge ich mich noch weiter vor und küsse ihren Hals. Sie stöhnt leise. Ich mache weiter. Sauge und knabbere an ihrer Haut, streiche mit den Lippen über ihr Schlüsselbein. Spüre ihren Puls in der Schlagader, an meinen Lippen. Heftig klopfend. So heftig wie meiner. Mein Schwanz zuckt wieder gegen sein enges Gefängnis, er wird heute keine Erfüllung finden. Es ist okay. Ich kann warten. Aber ich will sie jetzt. Will sie wimmern hören, schwitzen sehen. Will ihre ordentliche Frisur durcheinanderbringen.

Langsam nähere ich mich ihrem Mund. Dann berühren meine Lippen ihre. Sie zuckt nicht zurück. Stattdessen spüre ich ihre Hand in meinem Nacken. Ich schiebe meinen Arm unter sie und ziehe sie weiter zu mir, presse sie fest an mich, sodass ich die Rundung ihrer Brüste spüren kann, während wir uns küssen. Der Kuss ist heiß, schmeckt nach Whisky und Meer. Nach ungeweinten salzigen Tränen. Nach süßer Verheißung. Stöhnend schließe ich die Augen und lasse meine Zunge in ihr spielen. Unmissverständlich stoßend. Ihr Seufzen macht mir Mut. Zeigt mir, dass sie mich will. Dass sie weiß, wozu meine Zunge sonst noch imstande ist. Was ich damit zwischen ihren Schenkeln auslösen kann. Langsam lasse ich meine Hand weiter ihr Bein hinauf wandern, bis ich in ihrem Schritt ankomme. Ohne die Lippen von ihren zu nehmen, streiche ich sanft mit den Fingern über ihre Strumpfhose. Spüre Feuchtigkeit, die mich innerlich jubeln lässt. Ich hatte recht. Ich wusste es. Mein Schwanz pocht vor Aufregung. Mein Freund wird sich heute gedulden müssen, bis ich zu Hause bin. Scheiße, ich werde mich wund wichsen, wenn ich allein bin, aber das ist es wert. Alles ist sie wert.

Sie öffnet ihre Beine weiter für mich, ein deutliches Zeichen. Langsam rutsche ich vom Sofa, sie sieht mich mit offenem Mund, glühenden Wangen und glänzenden Augen an, während ich vor ihr auf die Knie gehe. Mit einem Grinsen spreize ich ihre Schenkel, dann greife ich unter ihren Rock und taste nach dem Bund der Strumpfhose. Ziehe sie mitsamt dem feinen, feuchten Höschen herab, bis zu ihren Knien. Ihr Atem ist flach, sie lehnt sich zurück und schließt die Augen. Ich komme mir vor wie ein Jäger, der seine Beute gerade dazu überredet hat, sich zu ergeben. Bedächtig beuge ich mich vor, versenke das Gesicht zwischen ihren Beinen. Sie duftet nach Bodylotion oder Duschgel. Nach Moschus. Nach Frau. Der bekannte Duft ihrer Pussy jagt mir Schauer über den Rücken. Und lässt meinen Schwanz weiter anschwellen.

Ich muss zumindest die Hose aufmachen, sonst platzt sie gleich. Lilly rührt sich nicht. Erwartungsvoll sitzt sie vor mir, gefesselt durch ihre Strumpfhose und ihren Slip. Mit beiden Händen schiebe ich den Rock über ihre Hüften, dann senke ich den Kopf und fahre mit der Zunge über ihre Spalte. Rechts und links an den zierlichen, köstlichen Schamlippen vorbei. Sie zuckt nur kurz zusammen, als ich sie berühre. Ich spüre ihre Finger in meinem Haar. Wie damals. Erregt küsse ich sie zwischen den Schenkeln. Streiche mit den Fingerkuppen über die Innenseite ihrer Beine. Liebkose die warme, weiche Haut. Atme sie ein. Tief. Schmecke sie. Teile mit der Zunge ihre Lippen und schiebe einen Finger in sie hinein. Fuck, sie ist nass. So nass! Mein Schwanz regt sich, ich weiß genau, was er will. Das darf nicht passieren. Nicht jetzt. Noch nicht. Ich muss Geduld haben.

Als sie leise zu wimmern anfängt, fahre ich sanft mit der Zunge über die pulsierende, harte Knospe zwischen ihren Beinen. Und dann beschließe ich, einfach nicht mehr aufzuhören.

Lilly

Gedankenfetzen blitzen in meinem Kopf auf. Erinnerungen an jene Nacht. An das, was er mit mir getan hat. Ich kann kaum atmen. Traue mich nicht, tief Luft zu holen, weil ich Angst habe, aufzuwachen. Meine Vernunft zu Wort kommen zu lassen. Im Moment bin ich nur Körper, nur Gefühl. Ich spüre ihn, meine Wangen brennen. Alle Muskeln tief in mir ziehen sich zusammen, als seine Zunge meinen empfindlichsten Punkt trifft. Wie von selbst krallen sich meine Finger in sein Haar. Ich will die Beine weiter spreizen für ihn, ganz weit, aber die Strumpfhose hindert mich daran. Wahrscheinlich war das Absicht. Ich fühle mich ausgeliefert, und das ist gut so.

Hör auf zu denken, Lilly. Du wolltest es doch. Du brauchtest es. So sehr.

»Oh Gott, Braden«, höre ich mich stöhnen. Seine Bewegungen werden schneller. Wieder und wieder fährt seine Zunge über meine Spalte, teilt mich, stimuliert mich, reibt sich an mir. Mal fest und gespannt, mal locker und sanft, wie zwei Flügel, die mich kitzeln. Keine Erlösung in Sicht. Ich fange an zu schwitzen. Schweißperlen treten mir auf die Stirn. Meine Zehen krallen sich in die Pumps, meine Beine versteifen sich. Ich hebe das Becken, um ihm entgegenzukommen, weil ich so kurz davor bin. So dicht. Es ist zum Greifen nah. Wie ein Licht am Ende eines dunklen Tunnels. Mein Herz rast.

»Braden, bitte«, jammere ich, als seine Berührungen so zart und behutsam werden, dass es mich fast zerreißt. Ich kann nicht. Ich will es. Ich muss … oh Gott. Bitte. Mach weiter. Schneller. Fester. Meine Hüften kreisen über seinem Finger, der nur wenige Millimeter in mir steckt und an mir reibt. Mich massiert. Keuchend versuche ich, auf ihm zu reiten, während seine Zunge wie ein Kolibri auf mir flattert. Mein Körper ist angespannt und steif. Da zieht er sich plötzlich zurück. Schiebt sich an mir hoch, bis sein Gesicht ganz dicht vor meinem ist. Ich öffne die Augen und sehe ihn an. Mein Mund steht offen. Meine Lider flattern. Ich kann mich riechen. Mich selbst. Sehe meine glänzende Lust auf seinen Lippen und seinem Kinn. Wir küssen uns, und in diesem Kuss steckt meine ganze Gier. Meine ganze Leidenschaft. Meine Beine zittern, als er mich vom Sofa hochzieht. Was hat er vor?

»Braden, ich will dich«, flüstere ich. Er schüttelt den Kopf, während er meinen Hals küsst. Und meine Bluse öffnet. Knopf für Knopf. Dann sind seine Hände auf meinen Brüsten. Er zieht die Körbchen meines BHs runter, reibt meine steinharten Nippel zwischen zwei Fingern. Seufzend dränge ich mich an ihn, schiebe sein Knie zwischen meine Beine, sodass ich mich an ihm reiben kann.

Der Stoff der Anzughose ist rau und ich werde ihn versauen, doch das ist mir egal. Alles ist mir egal. Mein Körper brennt, ich will ihn. So sehr. Jetzt. Hier.

»Entspann dich«, raunt er, bevor er an meinem Ohrläppchen knabbert und mir damit erneut einen Schauer über den Rücken jagt. Dann geht er wieder auf die Knie. Ich kann so nicht stehen bleiben. Meine Knie haben sich in Pudding verwandelt. Nervös greife ich in sein Haar, halte mich an seinem Kopf fest. Er legt beide Hände auf meine Pobacken, bevor seine Lippen erneut meine Mitte treffen. Als würde er mich dort küssen. Ich stöhne laut auf, weil die Berührung im Stehen so viel intensiver ist. Aber ich finde keinen Halt. Fürchte, gleich umzufallen, obwohl er mich hält. Jetzt stößt er in mich hinein. Finger. Zunge. Lippen. Alles zerfließt. Ich bin nass und heiß, mein Unterleib ein einziges Ziehen. Das Pochen in meinem Schoß verstärkt sich, vermischt sich mit dem heftigen Klopfen meines Herzens, das ich in der Brust spüre. Von oben nach unten fährt er mit der Zunge über meine Spalte, dann saugt er die harte Knospe fest zwischen die Lippen, und ich höre mich aufschreien.

»Aaah, Braden«, stöhne ich auf. Meine Beine geben nach. Er stößt weiter zu, mit zwei oder drei Fingern, ich weiß es nicht. Kann nicht mehr unterscheiden. Zu viel. Es ist zu viel. Das Zittern beginnt in den Zehen, zieht sich durch meine Beine, und endlich löst es sich in meiner Mitte in einem heftigen Zucken, das mich erneut schreien lässt. Er hört nicht auf, als ich komme. In sein Gesicht komme. Scham, Angst und Sorge vermischen sich mit meiner unbändigen Lust. Ich will nicht, dass er aufhört. Hör nicht auf. Bitte. Hör bloß nicht auf.

Sein Kinn glänzt noch immer, als er mich zurück aufs Sofa zieht und sich über mich legt, um mich zu küssen. Ich spüre seine Härte am Oberschenkel, und das schlechte Gewissen nagt in mir.

»Was ist mit ...«

»Sch. Ich bin glücklich mit dem, was wir getan haben«, raunt er. Seine Zunge ist so heiß und so weich. So feucht, von mir. Trotzdem küsse ich ihn leidenschaftlich. Mein Herz rast noch immer, beruhigt sich nur langsam. Meine Beine zittern, als ob ich gerade einen Stadtrundlauf hinter mir hätte.

»Aber du bist ...«

»Ich bin steinhart, oh Gott, ja. Aber das ist ... kein ... Problem.« Braden ächzt, als er erneut vor mir auf die Knie geht und Höschen und Strumpfhose hochzieht. Meine Frisur hat sich aufgelöst, ich spüre lose Haarsträhnen im Nacken. Wie Spinnenbeine. Er humpelt mit verzerrtem Gesicht zum Barschrank und holt die Whiskyflasche heraus. Füllt unsere Gläser erneut und reicht mir meins. Dankbar nehme ich einen Schluck.

»Danke. Das habe ich gebraucht«, sage ich und spüre, dass ich erröte.

»Und ich erst.« Braden leert sein Glas in einem Zug, schüttelt sich kurz und stellt es auf den Tisch zurück. »Niemand weiß davon, Lilly. Und das soll auch so bleiben. Okay?«

Er legt den Kopf schief und sieht mir fest in die Augen. Mein linkes Augenlid zuckt. Seufzend schiebe ich meine Hände unter meinen Hintern.

»Wenn Jonathan herausfindet, dass wir ...«

»Niemand erfährt davon«, wiederholt er eindringlich. Mein Herz klopft schneller. Mir ist klar, dass diese Sache für ihn ein noch größeres Risiko darstellt als für mich. Ich kann meine Ansprüche auf Jonathans Vermögen verlieren, was mir egal wäre. Braden jedoch könnte seine Zulassung als Anwalt verlieren wenn herauskommt, dass er mit einer Mandantin Sex hatte, die er als Scheidungsanwalt vertritt. Vor der rechtmäßigen Scheidung.

Er sieht aus, als würde er sich langsam beruhigen. Verstohlen werfe ich einen Blick auf seinen Schritt. Die Wölbung in seiner immer noch aufgeknöpften Hose ist kleiner geworden, und ich wundere mich über den Anflug von Enttäuschung, der mich durchkriecht.

»Es ist gar nicht komisch mit dir«, stelle ich fest, als er sich neben mich aufs Sofa setzt. Draußen ist es inzwischen dunkel geworden. Ich habe mein Zeitgefühl verloren und bin so wenig müde, als hätte ich mich den ganzen Tag mit Aufputschmitteln vollgestopft.

»Was sollte komisch sein?« Sein Haar ist zerstrubbelt, und ich muss lachen, als ich ihn ansehe. Vorsichtig fahre ich mit den Fingern hindurch. Die weiche, seidige Berührung elektrisiert mich.

»Manchmal fühlt es sich ... komisch an. Nach dem Sex, meine ich. Man ist verlegen, voller Scham. Weiß nicht, was man sagen oder wo man hinsehen soll. Doch das ist es nicht. Ich hatte Angst, dass es so wäre, aber ... es ist einfach so.« Ich zucke die Achseln und lächle ihn an. Er erwidert das Lächeln, legt seine Hand auf mein Knie.

»Es ist einfach. Und das ist gut so.« Er sieht mir fest in die Augen, bevor er tief einatmet. »Hattest du damals Angst? Bist du deshalb weggelaufen?«

Meine Wangen werden heiß. »Ich bin nicht vor dir weggelaufen, Braden. Ich habe drei Tage später geheiratet. Und mich entsetzlich geschämt für das, was ich getan habe. Irgendwie dachte ich all die Jahre, wenn Jonathan mich betrog, dass ich es doch verdient hätte. Dass es eine Art Gerechtigkeit wäre. Vielleicht habe ich es deshalb so lange ertragen und nie was gesagt.« Ich nippe an meinem Whisky und umschließe das Glas mit beiden Händen.

»Es war vielleicht nicht richtig, ein Fehler war es aber ganz sicher nicht.« Sein Kinn zuckt amüsiert. Ich ziehe die Brauen hoch.

»Ich weiß nicht, was ich dazu sagen soll.«

»Dann sag gar nichts. Und genieß den Moment.« Er legt einen Arm um mich und zieht mich zu sich heran. Mein Herz klopft schneller, als meine Schläfe auf seine Brust trifft. Sein Aftershave in meine Nase dringt. Und ich spüre schon wieder das Kribbeln in meinem Schoß. Das darf doch wohl nicht wahr sein! Es ist verteufelt. Verhext. Was stellt er mit meinem Körper an?

»Wo soll das hinführen?«, frage ich leise und schließe die Augen. Atme tief durch die Nase ein, um seinen Geruch in mir aufzunehmen und ihn zu verschließen. Ich wünschte, es gäbe ihn in Flaschen gefüllt. Ich würde ihn benutzen.

»Das weiß ich nicht. Ist es nicht egal, Lilly? Muss denn alles im Leben immer auf ein Ziel hinführen? Reicht es nicht manchmal, einen Weg zu betreten und sich von seinen Biegungen überraschen zu lassen?«

»Ich bin nicht so«, wende ich ein. »Ich habe es lieber, wenn alles geplant abläuft.«

Braden seufzt tief, dann lacht er. »Das ist interessant. Wirklich. Denn bisher ging es mir auch so. In meinem Leben war wenig Platz für Überraschungen. Erst in jener Nacht habe ich festgestellt, was einen erwarten kann, wenn man etwas nicht plant. Wenn man Raum für Überraschungen lässt.«

Er legt einen Finger unter mein Kinn und dreht mein Gesicht zu sich. Sieht mir tief in die Augen. Ich halte den Atem an. »Manchmal sucht man nach etwas, das man nicht finden kann. Und manchmal stolpert man über etwas, das man überhaupt nicht gesucht hat. Nur um festzustellen, dass es genau das ist, was einem fehlt.«

»Braden ...« Seine Lippen nähern sich meinem Mund, bevor ich antworten kann. Mein Herz schlägt mir im Hals, meine Hände schwitzen. Das Whiskyglas rutscht mir aus der Hand und fällt mit einem dumpfen Ton auf den Boden. Aber wir sehen beide nicht hin. Weil unsere Augen längst geschlossen sind, während sich unsere Lippen miteinander vereinen.

Lilly

»Ich habe Jonathan vorgestern getroffen. Vor Gericht.« Kristen spielt mit ihrem Wasserglas und wirft mir einen Blick zu. Mein Puls geht schneller.

»Bei mir hat er sich seit zwei Wochen nicht gemeldet. Seit er weiß, dass Braden Bennet mich bei der Scheidung vertreten wird. Hat er mit dir gesprochen?«

Kristen nickt. Ihre Wangen verdunkeln sich, und ich ziehe die Brauen zusammen.

»Über mich? Über die Scheidung?«

»Natürlich nicht«, sagt sie hastig und trinkt von ihrem Wasser. Sie ist ungewöhnlich blass, und wenn ich mich nicht täusche, hat sie sogar abgenommen. Ihr Gesicht wirkt beinahe knochig. Sie sitzt auf meinem roten Ikea-Sofa und müht sich den ganzen Abend ab, sich nicht in meiner Wohnung umzusehen. Ich glaube, es ist ihr peinlich, dass ich jetzt so lebe. Ein brutaler Gegensatz zu Jonathans noblem Haus in Kensington. Solange ich nicht weiß, ob ich mit finanzieller Unterstützung rechnen darf, muss ich sparsam bleiben. Mein Job wirft nicht genug ab, um mir eine ansprechende Wohnung in London leisten zu können, doch ich möchte auch nicht in einen der schrecklichen Vororte ziehen. Nicht jetzt, wo ich allein bin und nach menschlicher Gesellschaft giere wie ein Junkie nach dem nächsten Schuss.

»Gibt es etwas Neues diesbezüglich? Habt ihr schon einen Termin?« »Nein, leider nicht.« Ich zucke die Achseln und schenke ihr Wasser nach. Dann nehme ich einen Schluck von dem Rotwein, den ich für uns gekauft habe. Ein Shiraz aus Südafrika, ich habe ihn extra für Kristen geholt und bin verwundert, dass sie nichts davon trinken will. Sie ist mit dem Auto gekommen und muss noch fahren, sagte sie. Doch das hat sie früher auch nicht abgehalten.

»Wir sehen uns viel zu selten, Kristen. Ich vermisse dich.«

Sie sieht mich fahrig an und verzieht den Mund zu einem schiefen Lächeln. »Ich hab viel um die Ohren im Moment, tut mir leid. Ich würde gern mehr für dich da sein, nur ...«

»Ich weiß.« Beruhigend lege ich meine Hand auf ihre Schulter. »Wie geht es deinem Vater? Immer noch ...?«

»Unverändert, ja. Ich hab keine Ahnung, wie lange er noch machen wird. Aber wenn man berücksichtigt, dass es schon sein zweiter Rückfall ist und er bisher jede Therapie gut überstanden hat ... Er ist so verdammt stur, dass vermutlich sogar der Tod ihm gegenüber einknickt.« Ich muss lachen. Ich kenne Kristens Vater. Ein Baum von einem Mann. Zwei Meter groß, und so breite Schultern, dass Kristen und ich uns gemeinsam hinter ihm verstecken könnten. Aber stur wie ein kleiner Junge. Obwohl ihm die Ärzte schon beim ersten Krebsverdacht zu einer Operation geraten haben, blieb er hartnäckig. *Was soll meine Frau mit einem Mann ohne Eier? Niemand wird mich zum Eunuchen machen. Nicht einmal ein Scheiß-Krebs.*

»Bist du mit Braden zufrieden?« Sie leert ihr Wasser und stellt das Glas auf den Couchtisch zurück. Der leise Knall lässt mich zusammenfahren.

»Ja, sehr. Er hat es tatsächlich geschafft, eine ziemlich umfangreiche Übersicht über Jonathans Vermögenswerte zusammenzustellen. Jonathan muss getobt haben, als ihm die Dokumente zugestellt wurden. Und ich habe ehrlich gesagt keine Ahnung, wie er das angestellt hat.«

»Das freut mich. Schließlich habe ich ihn dir empfohlen.« Sie zwinkert mir verschwörerisch zu. »Und das andere? Ich meine ... Du hattest ja Sorge, dass du wieder mit ihm ins Bett gehen könntest.«

Ich verdrehe die Augen. »Um Himmels willen, Kristen. Hältst du mich für total bescheuert? Das wäre so unmittelbar vor der Scheidung eine absolute Katastrophe.«

Kristen beugt sich zu mir und mustert mich neugierig. Meine Wangen laufen heiß an.

»Ich kenne dich schon zu lange, als dass du mich so schamlos belügen könntest, Lilly. Und ich sehe dir an der Nasenspitze an, dass bei dir was Neues läuft. Ist es Braden? Oder hast du einen anderen kennengelernt?«

»Ich weiß nicht, wovon du sprichst«, antworte ich kühl und stehe auf, um eine neue Flasche Wasser aus dem Kühlschrank zu holen. Über uns dröhnt entsetzlich laute Rap-Musik, und ich stöhne. »Der kleine Idiot treibt mich noch in den Wahnsinn«, sage ich mit dem Rücken zu Kristen. »Wie kann man nur so einen Mist hören?

»Lenk nicht ab, Lilly.« Kristen hat die Hände über ihren Knien verschränkt und mustert mich scharf, als ich mit dem Wasser auf sie zugehe. »Hast du nun, oder hast du nicht?«

Natürlich will ich es ihr nicht sagen. Aber natürlich weiß ich auch, dass mein Gesicht glüht wie ein Feuermelder und sie es mir sowieso ansieht.

»Nicht richtig. Also wir haben ein bisschen geknutscht und gefummelt«, murmle ich ausweichend. Himmel, das Blut rauscht mir vor Panik durch die Ohren. *Es ist Kristen*, beruhigt mich eine innere Stimme. *Deine beste Freundin. Und mit irgendwem musst du darüber reden. Willst du auf jeden Fall reden.*

»Oha.« Sie zieht scharf die Luft durch die Zähne ein, dann grinst sie. Aufatmend setze ich mich neben sie und fülle ihr Wasserglas, bevor ich selbst einen Schluck Wein nehme.

»Ich wollte nicht, aber … es ist einfach so passiert. Das ist allerdings schon zwei Wochen her, und seitdem haben wir uns nicht mehr gesehen.« Mein Magen verkrampft sich. Wir haben uns nicht nur nicht gesehen, sondern ich habe auch nichts von ihm gehört. Abgesehen von einem förmlichen Brief, in dem Jonathans Vermögenswerte akribisch aufgelistet waren. Mir stockte fast der Atem, als ich die Zahlen schwarz auf weiß vor mir hatte. Ich wusste natürlich, dass er viel Geld hatte. Doch mir war nicht klar, dass es um so viel Geld geht. Wie zur Hölle kann man als Scheidungsanwalt so viel verdienen?

»Ihr werdet euch wiedersehen. Müssen. Immerhin ist er dein Anwalt. Und vor dem Gerichtstermin werdet ihr …«

»Ja, werden wir«, unterbreche ich sie genervt. »Natürlich. Ich bin kein Tier, das seinen Trieb nicht im Griff hat. Kein Problem also. Vor der Scheidung wird nichts zwischen uns passieren, und was danach ist, weiß ich jetzt sowieso noch nicht. Also wozu soll ich mir Gedanken darüber machen?«

»Ich bin gespannt, wie Jonathan reagiert, wenn er es irgendwann herausfindet.« Kristen nippt am Wasser und sieht mich von der Seite her an.

»Wieso sollte es ihn interessieren? Wir sind getrennt und lassen uns gerade scheiden. Es geht ihn also, ehrlich gesagt, gar nichts mehr an. Zumal er ja selbst nicht unbedingt ein Bilderbuch-Ehemann war, wenn ich dich erinnern darf.« Mein Blick fällt auf meine Hand. Auf den leeren Ringfinger.

»Ich meine ja bloß.« Kristen zieht einen beleidigten Schmollmund.

»Tut mir leid«, sage ich leise. »Ich bin nur gerade etwas mit den Nerven runter. Ich möchte das alles so schnell wie möglich hinter mich bringen, ehrlich gesagt.«

»Das kann ich gut verstehen. Und das wirst du sicher auch. Mit Bradens Hilfe.«

Sein Name löst schon wieder Herzklopfen aus. Morgen werde ich ihn anrufen, ganz unverbindlich. Schließlich muss ich mich nach dem Stand der Dinge erkundigen, ich habe also gute Gründe dafür. Aber wem versuche ich hier etwas vorzumachen?

»Ich muss los.« Kristen sieht auf ihre Armbanduhr und unterdrückt ein Gähnen.

»Was, jetzt schon? Es ist erst halb zehn, du ...«

»Sorry, Lilly.« Sie steht auf und beugt sich zu mir, um mir einen Kuss auf die Stirn zu drücken. »Du musst mich nicht zur Tür bringen, bleib sitzen. Ich melde mich nächste Woche bei dir, okay? Am Wochenende bin ich oben in Schottland, ab Mittwoch habe ich nur wenige Termine, da könnten wir ausgehen. Wenn du magst?«

»Und ob ich *mag*, du Spinner.« Lachend stehe ich doch auf und umarme sie. Ihr Herz klopft schnell, als ich ihre großen Brüsten an meine gedrückt fühle.

»Ich vermisse dich so sehr«, murmle ich gegen ihre Wange. Sie versteift sich in meiner Umarmung, dann löst sie sich von mir.

»Alles wird gut«, sagt sie leise. Ihre Augen glänzen. Was ist nur mit ihr los? Sie ist so verändert, so ... fahrig. Nervös. Dabei ist sie sonst immer die Ruhe selbst. Ich habe Kristen jahrelang für ihre Gelassenheit bewundert, aber heute Abend wirkt sie wie ein unsicherer Teenager.

»Wir haben viel zu wenig über dich gesprochen«, rufe ich ihr schuldbewusst nach. »Das holen wir nächste Woche nach, ja? Versprochen.«

»Ist gut! Mach dir keine Gedanken«, ruft sie aus dem Flur zurück, dann höre ich die Wohnungstür zufallen. Über mir rappt 50 Cent, und ich habe Bilder von Ben vor Augen, der zugedröhnt auf dem Boden sitzt. Albern.

Als ich eine halbe Stunde später die Gläser in die Küche bringe, klingelt mein Handy. Leider ist es nicht mein Lieblingssong von John Newman, der mir einen Anruf von Braden ankündigen würde, sondern

Beethovens Fünfte, die ertönt. Damit ist klar, wer so spät noch bei mir anruft. Nicht klar ist mir allerdings, was er von mir will. Mein Magen zuckt, trotzdem greife ich zum Handy und nehme den Anruf entgegen. Ich muss wissen, warum er sich jetzt meldet.

Braden

Heißes Wasser plätschert mir über den Kopf. Ich stelle den Duschkopf auf Massage ein und halte den Nacken unter den harten Strahl, bis es schmerzt. Es ist Donnerstagabend, ich bin erst vor einer halben Stunde aus dem Büro gekommen und fühle mich wie erschlagen. Zwei Wochen habe ich mich zusammengerissen und sie nicht angerufen. Sie hat sich auch nicht bei mir gemeldet. Wie denkt sie über den Abend vor zwei Wochen? Bereut sie, was wir getan haben? Hat sie Angst vor einer Wiederholung? Oder sehnt sie sich heimlich nach mir, so wie ich mich nach ihr sehne?

Ich senke den Kopf und schlage mit der Faust gegen die hellgrauen Fliesen. Gottverdammt, warum ist es so hart, nicht an sie zu denken? Grinsend schaue ich an mir runter und muss lachen. Hart. Okay. Aber das liegt nicht daran, dass ich nicht an sie gedacht habe. Im Gegenteil. Stöhnend umfasse ich meinen Schwanz mit einer Hand. Dann verteile ich Duschgel auf meinem Körper und massiere mich. Gründlich. Langsam. Quälend langsam.

Wenn ich die Augen schließe, sehe ich Lilly vor mir. Die grünen Augen. Das lange, rote Haar, das mich verrückt macht. Ihre kleinen weißen Brüste. Ihre schmale Taille, die ich umgreifen möchte. Und ihre Schenkel mit dem verheißungsvollen Delta dazwischen. Ich weiß noch genau, wie sie sich da unten anfühlt. Ich erinnere mich an jedes Detail, an jede Minute unserer gemeinsamen Nacht. Ich weiß wie es war, in sie einzudringen. Den kleinen Widerstand zu durchbrechen und mich von ihr gefangen nehmen zu lassen. Wie sich ihre Muskeln um meinen Schwanz herum zusammenzogen. Wie sie auf mir saß, ihre Brüste wippten. Wie sie ihr Haar mit beiden Händen zusammenhielt, während ihre Hüften auf mir arbeiteten. Vor und zurück rutschten. Wie sie sich selbst auf mir zum Höhepunkt ritt, während ich mit zusammengebissenen Zähnen unter ihr lag und versuchte, mich zu beherrschen.

Ich höre auf, meine Hand zu bewegen, und presse die Kiefer aufeinander. Langsam, Braden. Ganz ruhig. Wenn du jetzt weitermachst, kommst du sofort. Und das willst du nicht. Du willst es auskosten. Jede Minute. Ich schließe die Augen und rufe mir die Nacht ins Gedächtnis zurück. Die kleinen Details, die sich in mein Hirn eingebrannt haben wie Narben. Die nie verschwunden sind, obwohl ich alles versucht habe, sie loszuwerden. Als ich daran denke, wie ich über ihr lag, ihr tief in die Augen sah und so fest zustieß, dass sie ihre Nägel in meinen Rücken krallte, wird mein Stöhnen lauter. Mein Atem schneller. Meine Hand gleitet auf und ab, ich lehne mich mit dem Kreuz gegen die warmen, nassen Fliesen. Und dann komme ich, denke daran, wie sie damals kam, unter mir liegend. Wie sie schrie, ihre Augen verdrehte. Wie ihre Schenkel meine Hüften quetschten und ihre Fersen auf meinen Hintern trommelten, als ihre kleine, süße Pussy um mich herum zuckte. Pulsierend stößt mein Schwanz das Sperma aus, und ich rutsche mit dem Rücken an den Fliesen entlang nach unten, wo ich erschöpft sitzen bleibe, während das Wasser weiter auf mich einprasselt und wie tausend Nadeln in meine Haut sticht.

Im Bademantel schlurfe ich in die Küche. Nach Essen ist mir nicht, obwohl ich mich heute nur von billigen Sandwiches ernährt habe. Dafür ist mir nach Trinken. Whisky. Ohne Eis. Ohne Wasser. Ich leere das erste Glas in einem Zug, bis mir wieder warm wird. Dann schenke ich ein zweites Glas ein und lege mich auf die riesige Couch, die mein ansonsten fast leeres Wohnzimmer beherrscht.

Typische Junggesellen-Wohnung, pflegt meine Mutter zu sagen, wenn sie mich in London besucht. Und vielleicht hat sie recht damit, ich habe keine Ahnung von Junggesellen-Wohnungen. Wie auch. Es gibt jedenfalls keinen überflüssigen Kram in meinem Loft. Dinge wie Deko, Vorhänge, Blumen oder so was. Alles nüchtern und klar, so wie ich. Plötzlich wünsche ich mir, dass Lilly bei mir wäre. Mein Magen krampft, ich trinke hastig noch einen Schluck Whisky. Wir kennen uns kaum, wie sie richtig festgestellt hat. Trotzdem glaube ich sie zu vermissen. Jeden Tag ein bisschen mehr. Sie ist wie ein Buch, das ich aufgeschlagen und angefangen habe. Jetzt will ich es zu Ende lesen. Dringend. Ich kann es nicht ertragen, gewisse Dinge über sie nicht zu wissen. Ständig frage ich mich, wie sie in einer Situation reagieren würde. Was sie sagen würde. Ob sie darüber lachen würde. Das ist verrückt. Absolut verrückt.

Ich leere den Whisky und schenke mir nach, obwohl mein Hirn schon neblig trüb ist. Ich weiß mir nicht anders zu helfen. An Schlaf ist nicht zu denken, und als mein Blick aufs Handy fällt, kribbeln meine Hände. Als wollten sie mir etwas sagen. *Ruf sie an. Sprich mit ihr. Erkundige dich, ob es ihr ähnlich geht wie dir.*

Mein Puls beschleunigt sich, als ich ihre Nummer eintippe. Ich kann sie auswendig, seit zwei Wochen schon. Obwohl ich sie gar nicht oft angerufen habe. Es klingelt viermal, dann springt ihre Mailbox an. Der Klang ihrer weichen Stimme löst Magenzucken aus. Ich atme nur tief ein und aus und beschließe, keine Nachricht zu hinterlassen und besser aufzulegen. Im nächsten Moment schrillt der Klingelton meines Handys durch die riesige Wohnung. So laut, dass ich es vor Schreck fallen lasse. Fuck.

»Lilly?«, frage ich Luft holend.

»Hast du mich gerade angerufen?« Mir wird warm. Ich schenke einen weiteren Whisky ein und bleibe mit dem Glas in der Hand und dem Handy am Ohr an meiner Balkontür stehen.

»Ja, ich ... Eigentlich wollte ich nur hören, wie es dir geht.«

Ich höre sie atmen. Dann spricht sie weiter, mit gepresster Stimme. »Es geht mir nicht gut, Braden. Jonathan hat sich gemeldet.«

Mein Herz stockt. »Was wollte er?«, frage ich, das Whiskyglas mit der Hand so fest umklammernd, dass meine Fingerknöchel weiß hervortreten.

»Er weiß von uns.« Ihre Stimme bricht, sie klingt, als würde sie schluchzen. Verfluchter Mist!

»Woher sollte er?«

»Das frage ich dich, Braden.« Sie schnieft. Ihr Tonfall ist anklagend. »Er hat gesagt, dass er es von dir weiß.«

»Das ist Unsinn. Wir haben nichts Verbotenes getan, Lilly«, erinnere ich sie. »Wir haben nur ...«

»Das meine ich nicht. Ich meine, er weiß von damals. Vor fünf Jahren.«

Was zum Teufel ...? Ich schlucke trocken, spüle mit Whisky nach. Das Zeug brennt in der Kehle, aber ich huste nicht. Stelle das leere Glas auf dem Boden ab und reiße die Balkontür auf. Ich brauche Luft. Kalte Luft mit viel Sauerstoff.

»Braden?«

»Ich bin noch da.«

»Glaubst du nicht, dass du mir etwas erklären musst?« Sie schnieft wieder, und es bricht mir fast das Herz.

»Lilly, glaub mir, es war damals ... es ist kompliziert.«

»Du hast dreißig Minuten, Braden. Danach werde ich all deine Adressdaten löschen und mir einen neuen Anwalt suchen.«

»Alles klar«, sage ich und lege auf. Dann stürze ich ins Schlafzimmer, schlüpfe in ein weißes Hemd und eine dunkle Jeans. Mein Herz rast. Dreißig Minuten. Das schaffe ich, wenn ich sämtliche Verkehrsregeln ignoriere. Und das werde ich.

Lilly

Meine Hände zittern. Er hat aufgelegt, und ich habe keine Ahnung, was er vorhat. Mir ist immer noch übel von dem Gespräch mit Jonathan. Er hat mich ausgelacht und verhöhnt. Hat sich erkundigt, ob ich es witzig finde, ausgerechnet Braden mit unserer Scheidung zu betreuen. Ob ich ihn während unserer Ehe regelmäßig gefickt hätte, hat er eisig gefragt. Unsere Ehe war eine Farce. Ganz offensichtlich. Beinahe schlimmer trifft mich der Schock, dass Jonathan von Braden weiß. Von jener Nacht vor fünf Jahren. Von dem schlimmen Fehler, der mich jahrelang gequält hat.

Ich starre durchs Fenster in die Dunkelheit. Es ist windig, dünne Äste der Bäume vor dem Haus kratzen an der Scheibe. Die Geräusche lösen Gänsehaut auf meinen Armen aus. Wie Bradens Stimme. Ich möchte mich betäuben. Betrinken. Aber ich muss bei klarem Verstand bleiben, falls Braden sich doch noch meldet und eine Erklärung für mich hat. Die einzige Erklärung, die mir einfällt, ist zu schmerzhaft, als dass ich sie zulassen möchte.

Als es klingelt, sehe ich nicht auf die Uhr. Ich betätige den Türsummer und reiße die Wohnungstür auf. Von oben dröhnt immer noch entsetzliche Rapmusik, aber jetzt ist es mir egal. Immerhin kann ich so mein heftig klopfendes Herz überhören und mich beruhigen.

Ich höre ihn auf der Treppe. Er rennt nach oben, mehrere Stufen auf einmal nehmend. Und dann steht er vor mir. Im halb aufgeknöpften Hemd, mit feuchten, strubbeligen Haaren. Unrasiert. Ohne Socken und ohne Jacke. Mein Mund klappt auf, als er mir einen herzzerreißenden Blick zuwirft.

»Lilly! Es ... es tut mir ... leid ...« Gott, er keucht wie ein Sprinter nach einem Hürdenlauf.

»Komm rein«, sage ich und spüre, wie meine Wut langsam schwindet. Obwohl ich mich dazu zwingen will, wütend auf ihn zu sein. Ich trete ein Stück zur Seite, damit er an mir vorbei kann, ohne mich versehentlich zu berühren.

»Möchtest du was ...?«

»Nein.« Braden bleibt vor mir stehen, schiebt die Tür hinter sich zu und sieht mich an. Mein Herz schlägt heftig gegen meinen Kehlkopf. »Ich möchte nichts. Gar nichts. Außer ...«

Ach du ... »Nicht, Braden«, sage ich heftig und lege beide Hände auf seine Brust. Ein elektrisierendes Kribbeln geht durch mich hindurch, als ich seinen Körper berühre. Seine Muskeln unter meinen Fingern zucken spüre. »Was hast du damals getan? Woher weiß Jonathan davon? Kanntet ihr euch?«

»Es ist nicht so, wie du denkst. Bitte.« Er legt den Kopf schief und hält mich an den Schultern fest. Ich winde mich aus seinem Griff und werfe ihm einen Blick zu. So kühl, wie es mir möglich ist. Mir ist schwindelig vor Angst. Angst vor dem, was er mir sagen könnte. Ich könnte mich fünf Jahre lang getäuscht haben. Ich könnte fünf Jahre lang ein schlechtes Gewissen gehabt haben, für gar nichts. Vielleicht wäre meine Ehe nicht gescheitert, wenn das nicht passiert wäre. Ich habe nur Fehler gemacht. Fehler, Fehler, Fehler. Tränen schießen mir in die Augen, aber ich schlucke tapfer und halte seinem Blick stand.

»Ich muss es wissen, Braden«, flüstere ich. Er nickt, beißt sich auf die Lippe, ohne mich loszulassen.

»Ich kenne Jonathan schon lange. Länger als du, um genau zu sein. Er hat mir vor sieben Jahren bei meiner ersten Verhandlung sehr geholfen, und es war nicht risikolos für ihn. Ich hatte in meiner Dummheit einen Fehler begangen, und wenn er nicht gewesen wäre, hätte ich als Anwalt einpacken können. Dafür schuldete ich ihm etwas, und eine Woche vor eurer Hochzeit kam er auf mich zu.«

Mein Herz rast. So heftig, dass ich mich irgendwo anlehnen möchte. Oder noch besser hinsetzen. Schnell.

»Das hast du nicht ...«, stoße ich hervor, aber Braden unterbricht mich.

»Hör zu. Bitte. Er bat mich, herauszufinden, ob du ihm treu sein würdest. Er zeigte mir ein Foto von dir und erklärte mir, wo ich dich finden könnte. An der Universität, bei deiner Abschlussfeier.«

»Du warst da?«, frage ich ungläubig und ziehe eine Braue hoch. »Du warst damals ...«

»Ja, ich war da. Ich habe dich beobachtet. Habe gesehen, wie stolz du warst, als du dein Zeugnis in Empfang nahmst. Und dann bin ich euch durch die Pubs und Bars gefolgt.«

»Das war Absicht ... du hast mich absichtlich verführt und Jonathan anschließend davon erzählt? Herrgott, wenn ich geahnt hätte, was für ein Arschloch du bist!« Ich schreie. Ich bin so wütend, dass ich mit den Fäusten gegen seine Brust trommle, doch er greift um meine Handgelenke und hält sie fest. An seine Brust gedrückt. Meine Wangen werden feucht, ich zittere vor Wut.

»Lass mich los«, zische ich.

Braden schüttelt den Kopf. »Es war nicht geplant, glaub mir. Jedenfalls hätte ich nicht mit dir ... Ich sollte es nur versuchen und dich dann abblitzen lassen. Wie du weißt, habe ich kläglich versagt. Ich habe dich gesehen und mir war sofort klar, dass ich dich nicht ... dass ich nicht ohne dich nach Hause gehen würde.«

Die Scham sticht so heftig in meine Eingeweide, dass es mir den Boden unter den Füßen wegziehen will. Jonathan hat es gewusst. All die Jahre. Und damit hatte er einen Grund, mich ebenfalls zu betrügen. Wieso hat er nie etwas dazu gesagt? Warum hat er die Hochzeit nicht abgesagt?

»Hast du es ihm vor der Hochzeit gesagt?«, frage ich scharf und kneife die Augen zu. »Oder erst später?«

»Ich habe es noch in derselben Nacht gebeichtet. Vielleicht hatte ich gehofft, er würde ... die Hochzeit absagen.« Ich sehe, dass er verlegen mit der Zunge in seiner Wange spielt. Gleichzeitig steigt Wut in mir auf. Er lässt abrupt meine Hände los und senkt die Arme. »Also los, schlag mich. Du hast es dir verdient. Du hast recht. Ich bin ein Arschloch.«

»Nein, bist du nicht. Ich bin erwachsen und war es auch damals schon. Und damit für meine Fehler selbst verantwortlich.« Ich wische mit dem Handrücken eine Träne von der Wange und gehe ins Wohnzimmer. Braden folgt mir langsam.

»Aber dass er es die ganze Zeit über gewusst hat ... ich schäme mich so entsetzlich.« Fassungslos sinke ich auf mein Sofa und schlage die Hände vors Gesicht. »Und jetzt glaubt er doch ...«

»Lilly.« Braden geht vor mir auf die Knie und zieht meine Hände runter. Umschlingt sie mit seinen. »Es hätte nicht passieren dürfen, das ist uns wohl beiden klar. Aber es *ist* passiert. Und was mich betrifft ... Ich bereue keine Sekunde jener Nacht. Es war ... ehrlich, Lilly, es war die schönste Nacht meines Lebens. Ich wünschte nur, sie wäre unter anderen Bedingungen passiert.«

»Ich auch«, bringe ich hervor. In meiner Kehle steckt ein riesiger Kloß, der nicht verschwinden will.

»Aber wie, verdammt, hat Jonathan damals darauf reagiert? Er muss dich doch hassen seitdem?«

Braden schüttelt den Kopf. »Nein. Ich bin mir sicher, dass er wusste, was passieren würde. Er wirkte eher ... zufrieden, als ich ihm zähneknirschend die ganze Sache beichtete. Als wäre es genau das gewesen, worauf er gehofft hatte.«

Ich atme tief ein. Das ergibt keinen Sinn. Das ergibt absolut keinen Sinn. Wieso hätte er Braden bitten sollen, mich zu prüfen, und mich nach meinem totalen Versagen trotzdem heiraten?

Schließlich hatte er die Gewissheit, dass ich eben keine treue Ehefrau sein würde, und hätte die Notbremse ziehen können. Und sollen.

»Ich glaube er war froh, dass du es getan hast. So musste er kein schlechtes Gewissen dir gegenüber haben und hatte eine Entschuldigung für all seine Fehltritte.«

Ich sehe Braden zweifelnd an. »Das wäre allerdings ... oh Gott!« Das traue ich nicht mal Jonathan zu. Das wäre absurd. Wieso sollte er so etwas tun?

»Allerdings kann er das nicht gegen dich verwenden vor Gericht. Es war definitiv vor eurer Eheschließung und hat damit auch nichts mit dem sittenwidrigen Ehevertrag zu tun.« Braden grinst verlegen. »Sorry. Nicht, dass das noch wichtig wäre ...«

»Was machen wir jetzt?« Ich hebe beide Arme und lasse sie seufzend sinken. »Ich muss mir einen neuen Anwalt suchen. Das verstehst du doch, oder? Jonathan hat mich am Telefon verhöhnt und gedroht, dass er dafür sorgen wird, dass du deine Zulassung verlierst. Das können wir nicht zulassen, Braden. Das ist es nicht wert.«

Er knirscht erneut mit den Zähnen. »Ich bin nicht der Typ, der aufgibt, wenn es ein paar Schwierigkeiten gibt.«

»Ein paar Schwierigkeiten?« Ich lache schrill. »Unterschätz ihn nicht. Er hat gedroht, unser beider Leben zu ruinieren. Alles vor der Presse breitzutreten. Damit wäre er reingewaschen, doch dein Ruf wäre ruiniert. Von meinem brauchen wir gar nicht erst reden.«

»Das wird er nicht tun«, sagt Braden überzeugt und sieht mir fest in die Augen. »Glaub mir, Lilly. Er hat gute Gründe, es nicht zu tun. Denn ich weiß auch etwas über ihn, von dem er sicher nicht will, dass es an die Öffentlichkeit dringt.«

»Was weißt du?«, frage ich atemlos. »Braden? Was?«

Er schüttelt den Kopf. »Ich kann es dir nicht sagen. Es würde dich ... Es ist meine Notwaffe vor Gericht, falls er nicht von selbst zur Räson kommt. Aber ich möchte sie ungern zücken müssen.«

Mein Puls beschleunigt sich. Ich presse die Lippen fest aufeinander und schaue an ihm vorbei zum Fenster. Regentropfen prasseln dagegen, die Äste kratzen wieder am Glas. Das Unwetter passt zu meiner Stimmung.

»Wenn es etwas mit mir zu tun hat, solltest du es mir besser sagen.« Ich spreche leise, damit er mir auch zuhört. Es wäre nicht nötig. Bei Braden habe ich immer das Gefühl, dass er mir zuhört. Dass alles, was ich sage, irgendwie wichtig für ihn ist. Jonathan musste ich ständig von seinem Handy ablenken, wenn ich ihm etwas sagen wollte. Ich war oft kurz davor, seinen blöden Blackberry in einer Vase zu versenken, weil er dem Ding so viel mehr Aufmerksamkeit schenkte als mir. Sogar die Zehn-Uhr-Nachrichten waren wichtiger als ich, dafür beendete er jedes Gespräch mit mir, um kommentarlos den Fernseher einzuschalten. Jeden Abend. Wie ein Uhrwerk. Mein Magen zieht sich zusammen. Warum fallen mir jetzt die schönen Momente unserer Ehe nicht mehr ein? Wieso erscheint mir auf einmal alles so grau und trostlos? Es ist doch nicht möglich, dass ich das jahrelang ertragen habe. Was bin ich nur für ein schrecklicher Mensch? Meine Augen werden schon wieder wässrig.

»Hey.« Braden streicht mir sanft mit dem Handrücken über die Wange. »Bleib ruhig, Lilly. Wir kriegen das hin. Schmerzfrei.«

»Ich wünschte nur, es wäre vorbei«, sage ich. »Alles.« Ich hole tief Luft, bevor ich weitersprechε. »Weißt du, was sich viel schlimmer anfühlt, als allein zu sein?«

Er schüttelt den Kopf. Seine Augen sind dunkel. Fast schwarz.

»Mit jemandem zusammen zu sein, an dessen Seite man sich einsam fühlt.«

»Es tut mir leid, Lilly. Ehrlich.«

Ich ziehe ihn zu mir und schmiege mein nasses Gesicht an seine Brust. Braden legt die Arme um mich und hält mich. Fest. Mein Herz klopft so schnell wie das eines kleines Vogels. Ich fühle mich so sicher in seiner Gegenwart. So ruhig. So unbesiegbar. Das ist verrückt. Das ist einfach nur verrückt.

»Der Gedanke, fünf Jahre verschwendet zu haben, macht mich wahnsinnig«, gestehe ich endlich. »Aber das, was wir hatten ... es war nur Sex, nicht? Nur pure, reine Leidenschaft. Ich hätte keine Entscheidung treffen können, nur weil wir ...«

Braden nimmt mein Gesicht in beide Hände und sieht mich an. »Ich glaube nicht an Liebe auf den ersten Blick, Lilly. Das ist Unsinn. Das gehört in kitschige Bücher und romantische Filme, nicht in mein Leben. Nur das mit dir, damals ... das war so ... ich finde bis heute keine Worte dafür.«

»Ich auch nicht«, gestehe ich. »Ich habe mich fünf Jahre lang damit gequält. Weil ich mich so schuldig fühlte. Weil ich Jonathan alles verzieh, schließlich hatte ich ein schlechtes Gewissen und jeden Grund dazu.«

»Denkst du, du kannst mir jetzt sagen, was damals passiert ist zwischen euch? Was alles so verändert hat?« Ich weiche seinem Blick aus. »Braden, ich ... was du mir gerade erzählt hast, hat alles für mich verändert. Jonathan wusste es. Die ganze Zeit. Er hat dich absichtlich auf mich gehetzt, um mich zu überführen. Als hätte er geahnt, dass unsere Ehe nicht auf Leidenschaft basiert, sondern auf Vernunft. Ich verstehe nur nicht, wieso er keine Konsequenzen gezogen hat.«

»Er wird seine Gründe dafür haben.« Braden klingt bitter. »Jonathan tut nichts ohne Grund. Ich glaube, dass er dich liebt, Lilly. Immer geliebt hat. Vielleicht auf eine andere Art, als du erwartet hast. Liebe hat viele Facetten.«

»Ich wünschte nur, ich könnte alles rückgängig machen.« Ich richte mich auf und löse mich aus seinem Griff. »Meine Fehler wieder gut machen. Ich habe so viele Fehler gemacht. Es ist kein Wunder, dass er mich nicht geliebt hat. Wer kann jemanden wie mich schon lieben?«

»Lilly, du hast keine Ahnung ...« Braden schluckt sichtbar, sucht meinen Blick. »Ich habe nie im Leben eine Frau so begehrt wie dich. Ich weiß nicht, was es ist. Vielleicht ist es Schicksal. Vielleicht bist du der Mensch, der zu mir gehört. Aber schon damals wusste ich, dass ich nie wieder eine Frau treffen würde wie dich. Nur hast du dich leider für ihn entschieden.«

»Hast du gedacht, ich würde die Hochzeit absagen? Wegen einer leidenschaftlichen Nacht?« Ich ziehe die Brauen hoch und mustere ihn. »Braden, ehrlich, ich ... Ich war betrunken. Ich war euphorisch, weil ich meine Prüfung endlich bestanden hatte. Ich hatte Panik vor dem großen Schritt, den Jonathan generalstabsmäßig durchgeplant hatte. Ich war traurig und wütend auf ihn, weil er mich an diesem wichtigen Tag allein gelassen hat. Weil andere Dinge wichtiger waren als ich. Ich wollte nicht einsehen, dass es von Anfang an hoffnungslos war. Ich wollte wirklich, dass es funktioniert. Ich dachte, ich hätte einen Mann wie ihn nicht verdient. Ich war so ...«

»Du hast ihn nicht verdient.« Braden presst die Lippen aufeinander und schließt kurz die Augen. »Du hast einen Mann verdient, der dich auf Händen trägt. Der dir jeden Wunsch von den Augen abliest. Der für dich da ist, wann immer du ihn brauchst. Weil du ein gutes Herz hast. Du steckst so voller Leidenschaft, voller Emotionen. Schon wenn du lachst, drehen sich alle Leute nach dir um. Lassen sich von dir begeistern. Du hast so viel Feuer in dir. Als du mir damals betrunken von deiner Prüfung erzählt hast ... dein Stolz, deine gute Laune war so ansteckend. Du hast mich mitgerissen nach oben, auf deine Wolke. Und ich wollte nicht runterkommen. Nie wieder.«

»Ich werde mir einen anderen Anwalt suchen«, sage ich entschlossen. »Wirklich, es ist am besten. Und dann haben wir vielleicht noch eine Chance ...?«

Statt zu antworten, beugt er sich weit über mich. Stützt die Hände rechts und links von meinem Kopf auf die Rückenlehne. Mein Mund öffnet sich. Ich schließe die Augen, rieche ihn. Spüre seine Nähe, seine Wärme. Mein Körper fängt an zu zittern, als seine Lippen meine treffen. Sanft und weich. Kaum spürbar. Und doch so viel mehr, als ich ertragen kann. Wie eine Ertrinkende erwidere ich seinen Kuss, schlinge meine Arme um seinen Hals und ziehe ihn an mich. Weil es sich richtig anfühlt.

Lilly

»Du musst erscheinen, Lilly. So leid es mir tut, das kann ich dir nicht ersparen.«

Ich seufze. Es dämmert bereits, vor mir steht ein Glas mit Whisky, das Braden spendiert hat. Nachdem er mir mitgeteilt hat, dass Jonathan den Termin forciert hat und unsere Scheidung nun schon am Freitag stattfinden soll.

»Ich weiß. Ich hatte nur gehofft ... ach, egal. Ich habe Jonathan seit Wochen nicht gesehen. Mir wird schlecht, wenn ich daran denke, ihm gegenübersitzen zu müssen.« In einem Gerichtssaal. Wo er sich zu Hause fühlt, im Gegensatz zu mir.

»Wenn wir keinen Fehler machen, geht es ganz schnell. Ohne großes Aufsehen.« Braden lächelt und steht auf. Geht um den Schreibtisch herum, bis er vor meinem Stuhl steht. Ich sehe zu ihm auf und mein Magen zieht sich zusammen. Mein Herz. Alles in mir flattert, ein riesiger Schwarm von Insekten. Wie immer, wenn er mich so ansieht.

»Bald haben wir es geschafft«, sagt er leise. Seine braunen Augen funkeln. Er trägt einen schwarzen Anzug heute, einen sehr eleganten Dreiteiler, der sich perfekt an seinen Körper schmiegt. Seitdem Anwälte in England bei Zivilprozessen nicht mehr mit diesen lächerlichen Roben und Perücken auftreten müssen, hat sich das Erscheinungsbild vor Gericht stark verändert. Zum Guten. Ehrlich gesagt, fand ich Jonathan immer ganz schön albern in dieser altertümlichen Verkleidung. An Braden möchte ich mir die weißen Rosshaare gar nicht erst vorstellen.

»Und wenn die Sache durchgestanden ist, dürfen wir ...«

»Sprich es nicht aus«, sage ich und spüre, wie ich erschauere. Gott, er ist die personifizierte Versuchung für mich. Noch nie im Leben habe ich mich so sehr danach gesehnt, mit einem Mann zu schlafen. Nie hat jemand eine so entsetzliche Lust in mir geweckt. Das ist nicht normal. Und es macht mir Angst. »Am Samstag bin ich frei«, sage ich und zwinkere ihm zu. »Falls du also am Wochenende noch nichts vorhast ...«

»Ich soll bis Samstag warten? Unmöglich.« Braden verzieht den Mund zu einem breiten Grinsen. Ich schiele an ihm vorbei zur Tür, und er versteht. Seine blonde Sekretärin ist noch da, ich habe sie vor fünf Minuten telefonieren gehört. Er steht auf und geht mit raschen Schritten zu seiner Tür. Dann dreht er den Schlüssel im Schloss herum. Das Geräusch lässt all meine Nackenhaare aufrecht stehen. Du liebe Güte. Ich komme mir vor wie ein Teenager, der dabei ist, etwas Verbotenes zu tun. Ich will es jetzt. Ich will *ihn* jetzt. Trotz allem.

Als er zu mir zurückkommt und sich über mich beugt, rutsche ich tiefer in den Sitz des Ledersofas. Er will vor mir in die Hocke gehen, aber ich halte ihn fest.

»Nein«, sage ich bestimmt. »Heute bin ich dran.«

»Lilly, ich …«

»Scht.« Meine Hände kribbeln vor Aufregung. Ich stehe auf und mache ihm Platz, drücke ihn an den Schultern nach unten, bis er vor mir sitzt. Dann knie ich mich vor das Sofa und öffne seine Gürtelschnalle. Braden zieht die Luft scharf durch die Zähne ein.

»Gott, du musst das nicht tun, Lilly. Ich kann warten.«

»Ich aber nicht«, antworte ich leise und ziehe an seinem Reißverschluss. Als meine Finger ihn berühren, zuckt er mir entgegen. Mein Herz pocht schneller. Meine Hände fangen an zu schwitzen. Er hilft mir mit der Hose, die ich über seine schmalen Hüften nach unten schiebe, bis ich die schwarzen Boxershorts entdecke. Und die kleine Ausbuchtung darin. Vorsichtig streiche ich mit der flachen Hand darüber, richte mich halb auf, sodass ich ihn küssen kann. Während unsere Zungen miteinander spielen, stöhnt er leise in meinen Mund. Und ich fühle, wie er unter meiner Hand wächst. Härter wird. Und größer. Immer größer.

Ich drücke fester, reibe über seinen Schritt. Küsse ihn wieder und wieder. Er knabbert an meiner Lippe, hält mich im Nacken fest. Ein warmer Schauer rieselt über meinen Rücken, mein Höschen wird feucht. Dann gehe ich zurück auf die Knie und befreie ihn von den seidigen Shorts. Starre andächtig auf seine Erektion, die sich mir präsentiert. Vollendete Perfektion. Alles in mir zuckt bei diesem Anblick. Mein Unterleib zieht sich zusammen, sehnsüchtig. Ich will ihn. So sehr. Noch müssen wir uns beherrschen, es ist zu gefährlich. Vorsichtig öffne ich den Mund und senke meine Lippen über seine Spitze.

Braden

Heilige Mutter, das kann sie nicht tun. Mir bricht kalter Schweiß aus, als ich ihre Hand auf mir spüre. Wie sie an mir reibt. Meinen Schwanz so gekonnt massiert, dass ich mich schwer auf den Kuss konzentrieren kann. Ich will sie ficken. Hart und tief. Liebevoll und sanft. Bis morgen früh. Ach was, für immer. Aber ich darf nicht, nicht jetzt. Es sind nur noch ein paar Tage, und dann werde ich sie ... oh Gott.

»Lilly«, höre ich mich selbst keuchen, während ich meine Hände in ihrem Haar vergrabe. Ihre Frisur ruiniere. Stöhnend schließe ich die Augen und lege den Kopf in den Nacken. Mein Schwanz zuckt heftig, als ihre Lippen sich um meine Spitze legen. Ihre Hände liegen auf meinen Oberschenkeln, innen. Meine Knie fangen an zu zittern. Sanft und viel zu vorsichtig saugt sie an mir, lässt mich in ihre Kehle gleiten. Tief. Nicht zu tief. Ich spüre, wie ich gegen ihre Wange stoße. So warm und weich. Mein Stöhnen klingt entsetzlich. Schmerzhaft.

»Scheiße«, fluche ich. »Lilly, ich …«

Sie antwortet mir nicht. Als ich den Blick senke, blicke ich in ihre grünen Augen, die mich von unten herauf ansehen. Das Ziehen in meinem Schwanz wird unerträglich. Ich bin so hart, dass ich das Gefühl habe, gleich zu platzen. Und sie lässt ihre Zunge auf mir tanzen, spielt mit mir. Reizt mich, bis ich die ersten Tropfen meiner Lust spüre. Sie muss sie schmecken. Gedankenblitze von damals tauchen auf. Als wir uns gegenseitig so verwöhnt haben. Sie kniete über mir, ich hatte ihre heiße, nasse Spalte direkt vor Augen, während sie an mir lutschte. Ich verlor beinahe die Besinnung. Berauscht von ihrem Duft, ihrer Nässe. Dem Gefühl, wie ihr Becken über mir bebte, während sie gleichzeitig meinen Schwanz so tief in sich aufnahm, dass ich nicht mehr wusste, wo ich eigentlich gerade war. Wieder und wieder.

Ihr Saugen wird kräftiger, ihre Finger gleiten an meinem Schaft auf und ab. Mein Schwanz pulsiert, ich spüre meinen eigenen Herzschlag im Schritt. Stolpern. Rasen. Der Anblick ist zu viel. Wie sie vor mir kniet, mich dabei ansieht. Die Macht genießt, die sie in diesem Moment über mich hat. Ich greife mit beiden Händen um ihren Kopf und halte sie fest, damit sie aufhört.

»Ich komme gleich«, flüstere ich. »Wenn du so weitermachst …«

»Komm nur«, murmelt sie, ohne mich ganz aus ihrem Mund zu entlassen. »Komm, Braden. Lass los.«

Und dann lasse ich los. Stoße mit der Hüfte ein paar Mal zu, und sie versteht. Immer schneller reibt sie an mir, presst die Lippen so fest um meine Spitze und saugt daran, dass mir schwarz vor Augen wird.

»Fuck«, höre ich mich selbst fluchen. »Dein Mund ... du bist ...« Schneller. Fester. Auf und ab. Rein und raus. Nass. Dann weicht das Pochen in meinem Schwanz einem heftigen Zucken. Ich will ihren Kopf wegziehen, aber ich stecke viel zu tief in ihr. Keine Chance. Mit einem heiseren Stöhnen lasse ich es zu und komme. In ihr. In ihren wunderschönen, kleinen Mund. Schließe die Augen und spüre die Explosionen in mir. Tanzende Sterne. Pulsierend ergieße ich mich in sie, fühle, wie sie schluckt. Jeden Tropfen der heißen Flüssigkeit.

»Scheiße, es tut mir leid«, flüstere ich, als ich wieder Luft holen kann. Grinsend zieht sie sich am Sofa hoch, setzt sich mit gespreizten Beinen auf meinen Schoß. Ihre nackte Haut ist warm. Ich halte sie mit beiden Händen fest, um sie zu küssen. Schmecke mich selbst, und sie. Wir küssen uns leidenschaftlich, und mein Schwanz gibt nur sehr langsam Ruhe. Weil er weiß, dass das hier nicht genug ist. Nie genug sein kann.

»Warte nur bis Freitag«, knurre ich gegen ihren Hals und drücke ihren Schoß fester gegen meinen Schwanz, der immer noch pocht. Sie stöhnt leise. Ihre Lippen gleiten über meine Wange, mein Kinn. Ich suche ihren Mund und finde ihn. Vorsichtig rutscht sie auf mir hin und her. Reibt sich an mir. Ihr Slip ist nass, und ich werde schon wieder hart, während sie sich so schamlos an mir befriedigt.

»Kein Sex«, flüstert sie. Auf ihrer Stirn glänzen Schweißperlen, ihre Augen schimmern. Ich küsse ihr Kinn, ihren Hals. Umfasse ihre Hüften und genieße den weggetretenen Gesichtsausdruck, als ihr Atem stoßweise geht und sie sich immer fester an mir reibt. Dann stöhnt sie leise auf, wirft den Kopf in den Nacken. Und zuckt in meinen Armen. Ich beiße die Zähne zusammen, ohne den Blick von ihr zu nehmen. Großer Gott. Sie ist so unfassbar sexy. Ihr Gesicht, als sie auf mir kommt ... Ich kann mich nicht beherrschen. Ich will in sie eindringen. Jetzt und hier. Hart. Hektisch stehe ich auf und ziehe sie mit mir hoch. Ihr Körper bebt und zittert noch in meinen Händen, und sie sieht mich fragend an. Ohne ein Wort dirigiere ich sie zum Schreibtisch. Beuge ihren Oberkörper darüber, spreize ihre Beine. Sie stöhnt nur, unterbricht mich nicht. Mein Schwanz pocht. Ich fahre mit den Fingern in ihren Schritt und streiche über ihren Slip. Nass. Sie ist so nass. Ich ziehe ihn nicht aus, schiebe ihn nur zur Seite. Dann dränge ich mich von hinten zwischen ihre Pobacken, reibe meinen Schaft an ihrer geschwollenen Pussy.

»Ich muss dich ficken«, stöhne ich von hinten an ihr Ohr. Beiße in ihren Nacken, während mein Schwanz gegen ihre Spalte zuckt. »Ich kann nicht länger warten, Süße.«

»Dann komm«, haucht sie. »Komm. Braden ...«

Ich greife zwischen meine Beine, dirigiere mich an ihre heiße, pulsierende Mitte. Und werde von unwirschem Klopfen an meiner Tür aus der Trance gerissen.

Lilly

»Bitte nicht«, höre ich mich selbst wimmern. Ich liege über seinem Schreibtisch, und mein Unterleib zieht sich so heftig zusammen, dass es weh tut. Gerade, als ich dachte, dass es sich endlich erfüllt, dass er endlich in mich eindringt und mich nimmt, so hart, wie ich es mir ersehne, klopft es!

»Scheiße«, schimpft Braden und lässt von mir ab. Ich höre, wie er zum Sofa geht und seine Hose überstreift. »Moment!«, ruft er zur Tür. Ich ziehe meinen Rock nach unten und presse meine Hand fest gegen meine pochende Scham. Mein Gesicht glüht, meine Beine sind so weich, dass sie mein Gewicht nicht tragen. Erschöpft setze ich mich auf die Schreibtischplatte und schaue mit verzerrter Miene zu, wie Braden zur Tür humpelt.

»Das nenne ich perfektes Timing«, knurrt er und schüttelt den Kopf. Ich muss mir heftig auf die Lippe beißen, um nicht laut loszulachen. Obwohl mein Körper schon fast schmerzt vor unerfüllter Lust, wird mir plötzlich klar, wie absurd die ganze Situation ist.

Wir benehmen uns wie Tiere, absolut unmenschlich. Lieber Himmel.

Als Braden die Tür öffnet und ich in ein mir sehr gut bekanntes Gesicht sehe, stockt mir kurzzeitig der Atem. Ich presse Luft durch meine Zähne und gebe einen gequälten Ton von mir, dann trifft mich sein Blick. Und ich weiß, dass ich gerade knallrot anlaufe. Verdammt.

»Interessant.« Mehr sagt er nicht. Mehr muss er auch nicht sagen, denn ich glaube, unser Anblick spricht für sich. Jeder mit einem Staubkorn Verstand sieht sofort, was wir soeben getan haben. Ausgerechnet Jonathan musste uns dabei stören. Das ist ja schon fast ironisch.

»Offenbar hast du ihr nicht gesagt, dass wir heute verabredet sind?« Er wendet sich an Braden und mustert ihn von oben bis unten. Panisch stelle ich fest, dass Bradens Anzughose offensteht. Und seine Boxershorts noch vor dem Sofa auf dem Boden liegen. Braden wirkt ungerührt, als er den Reißverschluss zuzieht und Jonathans Blick erwidert.

»Du bist eine Stunde zu früh, Jonathan. Tut mir leid.«

»Wenn ich gewusst hätte, dass ich Euch in flagranti ...«

Jonathans Kiefer mahlen. Ich stehe vom Schreibtisch auf, nehme meine Handtasche und meinen Mantel vom Sofa und wanke auf die offene Tür zu. Dabei muss ich dicht an ihm vorbeigehen, er steht mir quasi im Weg. Sein spöttischer Blick fährt mir direkt ins Herz.

»Wir waren sowieso gerade fertig«, sage ich und merke erst, wie anzüglich das klingt, als es schon gesagt ist. Jonathan zieht eine Braue hoch. Er sieht gut aus. Erholt, rasiert. In einem seiner Maßanzüge, die ihm diese selbstbewusste Aura verleihen. Als ob er das nötig hätte. Mein Herz klopft heftig. Ich bleibe vor ihm stehen und sehe ihm in die Augen. Sein Blick schmerzt. Warum muss es so enden? Können wir nicht einfach wie Freunde auseinandergehen? Nachdem wir festgestellt haben, dass wir nicht als Ehepaar taugen?

»Braden?« Ich drehe mich suchend zu ihm um, und er nickt. Folgt mir aus dem Büro.

»Ich bin gleich bei dir, Jonathan. Setz dich.« Braden zieht die gepolsterte Tür hinter sich zu und bleibt mit mir im Vorzimmer stehen.

»Warum hast du mir nicht gesagt, dass er kommt?«, frage ich leise. »Ich wusste nicht ...«

»Lilly, euer Gerichtstermin ist am Freitag, wie du weißt. Und ich muss vorher mit ihm sprechen. Ich versuche, mich vorab mit ihm zu einigen, damit es am Freitag schnell geht.«

»Ich verzichte auf alles«, sage ich. Mein Gesicht glüht, und ich schwitze. »Sag ihm das. Ich will kein Geld von ihm, gar nichts. Und ich verzeihe ihm alles. Es tut mir so leid.«

»Ich kümmere mich.« Braden drückt mich an sich, und ich genieße seine Umarmung. Atme tief ein, um seinen Geruch zu inhalieren. Diesen waldigen, erdigen Geruch, der mich jahrelang verfolgt hat. Wie kann es sein, dass der Körper so ganz andere Vorlieben hat als der Kopf? Wie ist es möglich, dass mein Körper so viel stärker ist als mein Verstand? Es macht mir Angst.

Auf der Straße schaue ich nach oben in das hell erleuchtete Fenster, hinter dem ich Bradens Büro weiß. Von Jonathan und ihm ist allerdings nicht zu sehen, also ziehe ich das Handy aus der Tasche und rufe Kristen an. Ich habe sie seit über einer Woche nicht gesehen oder gesprochen, jetzt brauche ich dringend ihren Rat. Es klingelt. Mit dem Handy am Ohr gehe ich weiter die Straße entlang und warte auf ein vorbeifahrendes Taxi, das ich anhalten kann. Dann springt ihre Mailbox an und teilt mir die gewählte Rufnummer mit.

»Kristen, ich bin's, Lilly. Ich habe heute den Scheidungstermin bekommen, er ist am Freitag. Wenn du Zeit hast, ruf mich doch nachher noch mal an. Ich würde wirklich gern mit dir reden. Hab dich lieb und hoffe, es geht dir gut? Ich drück dich!«

Seltsam, dass sie nicht ans Handy geht. Normalerweise ist das Ding so gut wie an ihr festgewachsen, sie nimmt es sogar mit in die Badewanne. Vielleicht muss ich mich mit dem Gedanken anfreunden, durch die Scheidung auch meine letzte Freundin zu verlieren. Obwohl es keinen Grund dafür gibt, mit Jonathan hat sie sich nie besonders gut verstanden. Wieso sollte sie sich also auf seine Seite geschlagen haben? Nein, das ist Unsinn. Und ich bin offenbar so nervös, dass ich Verschwörungstheorien entwickle.

Als sich ein schwarzer Wagen mit leuchtendem Schild auf dem Dach nähert, strecke ich den Arm aus und winke ihn heran. Dann lasse ich mich nach Hause fahren. Oder besser gesagt: nach Camden. Ein Zuhause ist die kleine Wohnung noch nicht geworden. Während der Fahrt knabbere ich an meiner Nagelhaut und starre aus dem Fenster. Ich habe Angst vor Freitag. Angst davor, dass Dinge an die Öffentlichkeit geraten, die ich dort nicht haben will. Und ich habe Angst vor Braden. Davor, was mit uns passiert und was aus uns wird, wenn diese ganze Sache ausgestanden ist. Ich kann ihn nicht einschätzen und weiß nicht, ob er nur an Sex mit mir interessiert ist. Ich jedenfalls will mehr als das. Viel mehr. Ich will alles von ihm. Das wollte ich schon vor fünf Jahren, deshalb bin ich vor ihm weggelaufen. Und heute will ich es noch viel mehr als damals.

Lilly

Perücken und Roben sind definitiv nicht notwendig, um mir Respekt einzuflößen. Das weiß ich jetzt. Und ich weiß auch, warum ich nie Anwältin sein wollte. Wenn ich mir vorstelle, jeden Tag diesem Zirkus ausgeliefert zu sein. Jeden Tag mit fremden Menschen vor anderen Leuten streiten zu müssen ... grauenhaft.

Vor allem Jonathans Anblick macht mich nervös. Er starrt mich an wie ein Löwe, der darauf wartet, ein Opfer erlegen zu können. Natürlich spricht er für sich selbst und hat sich keine Unterstützung von einem Kollegen geholt. Während ich mich wie eine Jura-Studentin von einem Anwalt vertreten lasse. Dass die Verhandlung öffentlich ist und wir einige Zuschauer haben, trägt nicht gerade dazu bei, dass ich ruhiger werde. Im Gegenteil.

»Bleib locker«, flüstert Braden und nickt mir aufmunternd zu. »Ich hab alles im Griff. Kein Problem.«

Meine Hände spielen mit der Perlenkette. Eins der wenigen Schmuckstücke, die ich vor Jonathan besessen habe. Seine Geschenke habe ich in Kensington gelassen, es wäre mir nicht richtig vorgekommen, den Schmuck mitzunehmen. Soll er ihn doch seinen Freundinnen vermachen, es ist mir egal. Alles ist mir egal. Ich wünschte nur, das hier wäre schnell vorbei und ich könnte endlich mit meinem neuen Leben beginnen. Und mit Braden, sofern er mich nach dem heutigen Tag überhaupt noch will.

Als der Richter beginnt, unsere Namen und Daten vorzutragen, schaltet sich mein Gehirn ab. Ich starre Jonathans Profil an, der dem Richter mit ernster Miene lauscht. Keine Chance, mich zu konzentrieren. Hoffentlich muss ich nichts sagen. Hoffentlich kann Braden mir das ersparen. Wieder und wieder lasse ich die Perlen gegeneinander klacken, obwohl ich weiß, dass ich Braden neben mir garantiert wahnsinnig damit mache. Aber ich kann nicht anders. Ich weiß nicht, wo ich meine Hände sonst lassen soll.

Und dann geht es los. Die Anklagen, die Vorwürfe. Jonathan gibt alles und bringt es tatsächlich fertig zu behaupten, dass er mich während unserer Ehe nie betrogen hat. Jedenfalls nicht im Sinne von Vaginalverkehr. Fassungslos starre ich ihn an, mein Mund steht offen, was ich kaum bemerke. Braden legt zwischendurch beruhigend seine Hand auf meine Schulter. Ich zittere am ganzen Körper. Wie kann er es wagen!

»Daher schlage ich vor, die Ehe einvernehmlich zu beenden. Ich werde meiner Exfrau eine einmalige Abfindung in Höhe von 300.000 Pfund bezahlen, damit sind all ihre Ansprüche aus dem Ehevertrag mir gegenüber abgegolten.«

Jonathan wirft mir einen Blick zu. Mein Magen verkrampft sich.

»Danke, Mr Palmer. Das Wort hat Mrs Palmer.« Der Richter kratzt sich unter seiner weißen Perücke, die er im Gegensatz zu den Anwälten noch tragen muss, und nickt mir aufmunternd zu. Ich verknote meine Finger ineinander. Braden erhebt sich und tritt nach vorn. Sein Gesichtsausdruck ist kühl, undurchschaubar. Für mich und auch für Jonathan und den Richter. Mir ist übel. Mein Herz klopft so schnell, dass mir schwindelig wird. Ich wünschte, der ganze Mist wäre endlich vorbei. Ich will Braden sagen, dass er Jonathans Vorschlag zustimmen soll. Damit ist die Sache beendet. Aber ich kann es ihm nicht mehr sagen, weil er nicht mehr neben mir sitzt.

»Mr Palmer«, setzt Braden an und stützt sich mit den Händen auf Jonathans Tisch. Beugt sich zu ihm vor, um ihm fest in die Augen zu sehen. »Sie wollen also leugnen, was Ihre Frau Ihnen vorwirft. Dass Sie sie jahrelang mit anderen Frauen betrogen haben.«

»Richtig. Denn das habe ich nicht.« Jonathan lächelt gelassen. Er wirkt selbstsicher und souverän, wie immer.

»Im Gegensatz zu meiner Frau, möchte ich sagen. Die hat nur drei Tage vor unserer Eheschließung mit Ihnen geschlafen.« Ein Raunen geht durch die anwesenden Zuschauer, der Richter hebt eine buschige Braue.

»Mrs Palmer ...«, setzt er an, doch Braden unterbricht ihn.

»Euer Ehren, wenn Sie erlauben ... Ja, es ist wahr. Mrs Palmer und ich hatten ein einziges sexuelles Zusammenkommen. Aber wie Mr Palmer richtig bemerkt, war das vor der Eheschließung. Daher steht es in keinem Zusammenhang mit dieser Scheidung.«

»Und jetzt willst du wohl behaupten, sie während der letzten Wochen nicht angerührt zu haben, was?« Jonathan lacht heiser. »Zufällig weiß ich, dass das nicht wahr ist. Denn meine Frau hat ihrer besten Freundin brühwarm davon erzählt.«

Mein Gesicht wird heiß. Ich kralle mich am Tisch fest, um nicht aufzuspringen. Kristen hat was? Ausgerechnet Jonathan gesagt, was ich ihr anvertraut habe? Was um alles in der Welt ist mit ihr los?

»Ich kann Ihnen versichern, Mr Palmer, dass es zwischen Ihrer Frau und mir zu keinem weiteren Verkehr gekommen ist. Weder während Ihrer Ehe noch während Ihrer Trennungsphase in den letzten Wochen.« Mein Herz schlägt schneller. Braden bewegt sich hier auf sehr dünnem Eis. Er kann seine Zulassung als Anwalt verlieren, wenn rauskommt, dass er lügt. Obwohl seine Lüge nur eine halbe Lüge ist, denn schließlich kam es bisher nicht zum Verkehr zwischen uns. Juristisch betrachtet, jedenfalls. »Beweis es.« Jonathan verschränkt die Arme vor der Brust und lehnt sich siegessicher im Stuhl zurück. »Kannst du es beweisen, Braden?«

»Du weißt genauso gut wie ich, dass du uns das Gegenteil beweisen müsstest, Jonathan.« Braden spricht leise, ich kann ihn kaum verstehen. Ein Muskel in seiner Wange zuckt. »Wir leben in einem Rechtsstaat. Falls du einen Beweis möchtest, bitte ... Ich rufe Mrs Kristen Ashley in den Zeugenstand.«

Erneut geht Raunen und Tuscheln durch den Gerichtssaal, ich halte die Luft an und werfe Braden einen flehenden Blick zu. Leider steht er mit dem Rücken zu mir, und ich schaffe es nicht, ein Loch in seinen Rücken zu brennen. Um Gottes willen! Wenn Kristen aussagt, was sie von mir weiß – und das muss sie als Anwältin, schließlich darf sie vor Gericht nicht lügen – bin ich für immer die Böse. Jonathan wird Recht bekommen und ich werde womöglich sogar meinen Job verlieren. Das ständige Kritzeln von Kugelschreibern der anwesenden Journalisten macht mir Angst. Ich weiß, dass es ihnen vor allem um Jonathan geht, aber auch mein Ruf steht hier auf dem Spiel.

Kristen ist furchtbar blass, als sie durch die Tür kommt und auf einem Stuhl Platz nimmt. Sie sieht mich nicht an. Starrt nur vor sich hin auf den Tisch, mit gesenktem Kopf. Ihre sonst so glänzenden Haare wirken strähnig und ungepflegt. Ich kriege kaum Luft, als ich sie sehe. Was um alles in der Welt geht hier vor sich? Was hat Braden vor? Er hat mir nichts davon gesagt, dass er Kristen in den Zeugenstand rufen wird. Wieso sollte er auch? Ich werfe Jonathan einen Blick zu und bekomme einen Kloß im Hals. Er hat die Fassung verloren, das kann ich deutlich sehen. Er ist weiß um den Mund herum, seine Hände zittern. Ich verstehe nichts. Absolut gar nichts.

»Ms Ashley. Sie wissen, dass Sie vor Gericht die Wahrheit sagen müssen? Im Fall einer Zuwiderhandlung machen Sie sich ...«

»Ich bin Anwältin«, unterbricht Kristen den Richter ruhig und sieht ihn von unten herauf an. Der Richter hebt seine Brauen, sagt jedoch nichts dazu. »Ich weiß, warum ich hier bin.«

Großer Gott. Sie weiß es. Ich habe keine Ahnung. Langsam keimt in mir ein Verdacht, der zu schrecklich ist, als dass ich ihn zulassen könnte. Ich schnappe nach Luft und falte ein Blatt Papier zu einem winzigen Quadrat zusammen, während der Richter Kristen weiter über ihre Rechte und Pflichten aufklärt. Dann übergibt er das Wort an Braden.

»Ms Ashley. Ist es wahr, dass meine Mandantin, Mrs Lilian Palmer, Ihnen erzählt hat, dass sie und ich eine … sagen wir … sexuelle Begegnung miteinander hatten?«

»Ja, das ist wahr.« Kristen sieht Braden fest in die Augen. Mein Blick hängt an ihrem Gesicht. An den dunklen Rändern, die sie sonst nie hat. Sie ist nicht mal besonders aufwendig geschminkt heute.

»Und ist es wahr, dass Sie diese Information an Mr Jonathan Palmer weitergegeben haben?«

»Ja, das ist richtig.«

»Wieso?«, entfährt es mir. Wütend werfe ich Kristen einen Blick zu, doch sie sieht mich nach wie vor nicht an. Stattdessen scheint sie noch bleicher zu werden. Braden nickt mir zu, ich kann mich aber nicht beruhigen. Ich bin aufgebracht und wütend. Meine beste, älteste und einzige Freundin. Was hat sie damit zu tun? Wie hat Jonathan es geschafft, sie auf seine Seite zu ziehen? Mir ist schlecht.

»Stimmt es, dass Sie eine sexuelle Beziehung zu Mr Palmer unterhalten? Seit Monaten?«

Das Poltern kam von mir. Mein Stuhl ist umgekippt, weil ich so heftig aufgesprungen bin.

»Was? Braden! Das ist doch …«

»Ja, das ist wahr«, sagt Kristen leise und senkt den Blick auf ihre Finger. Ich höre mich selbst schreien, dann ermahnt der Richter mich zur Ruhe. Im Publikum wird geredet, das Kritzeln wird so laut, dass es in meinen Ohren dröhnt. Lieber Gott. Lass das nicht wahr sein. Lass das eine Lüge sein. Wozu auch immer. Aber als ich Jonathan ansehe, weiß ich, dass es die Wahrheit ist. Er hat seine Sicherheit verloren und sitzt mit zusammengebissenen Zähnen und verschränkten Armen auf seinem Stuhl.

»Sie geben also zu, eine sexuelle Affäre mit Mr Jonathan Palmer gehabt zu haben, während seiner Ehe mit Mrs Lilian Palmer?« Braden ist unerbittlich. Kristen windet sich, dann nickt sie.

»Lauter bitte, Ms Ashley«, ermahnt der Richter sie, und sie bestätigt Bradens Aussage erneut.

»Das ist Blödsinn!« Jonathan ist erwacht und steht auf. »Wir hatten keinen Vaginalverkehr. Nie. Nur Oral- oder Analverkehr. Und das gilt, wie Sie wissen, nicht als Ehebruch nach englischem Scheidungsrecht.«

Mein Kopf glüht wie ein Ofen. Jemand im Publikum kichert. Ich hebe meinen Stuhl auf und setze mich wieder, weil meine Beine sich in Pudding verwandelt haben. Hinter meiner Stirn hämmert es. Die blonden Haare auf seinen Anzügen. Der rote Lippenstift, der mir so bekannt vorkam. Kristens ständige Ausflüge nach Schottland, die verdächtig oft mit Jonathans beruflichen Auswärtsterminen zusammenfielen. Die vielen Wochenenden, an denen ich mich einsam fühlte. Alles ergibt auf einmal einen Sinn. Nur nicht die Tatsache, warum Jonathan sich nicht von mir scheiden lassen wollte. Ist ihm sein Geld wirklich so viel mehr wert als Liebe? Das Herz schlägt mir im Hals.

»Das ist eine Lüge, Mr Palmer.« Braden schlendert zu seinem Platz. Als er vor dem Tisch steht, wirft er mir einen Blick zu. Seine Augen flackern. Er nimmt etwas aus der Mappe und geht damit zurück zu Kristen.

»Erkennen Sie das hier, Ms Ashley?«

»Ja«, haucht sie, kaum hörbar.

»Würden Sie uns sagen, was das ist?«

»Mein Mutterpass.« Mein Herz setzt ein paar Schläge aus. Alles dreht sich vor meinen Augen. Das darf nicht wahr sein. Das kann einfach nicht wahr sein. Das ist unmöglich. Auch Jonathan wird blass um den Mund. Er setzt sich auf seinen Stuhl zurück und wirft Braden Blicke zu, die ihn erstarren lassen müssten. Ich weiß nicht, was ich denken soll. Die Gedanken purzeln in meinem Kopf durcheinander wie Puzzleteile, und ich traue mich nicht, das Puzzle zusammenzusetzen. Obwohl ich langsam ahne, wie es aussehen würde.

»Sie sind in der 13. Woche schwanger, ist das korrekt?«

»Ja, das ist richtig.« Kristen räuspert sich. Sie verknotet ihre Hände ineinander und hebt den Blick nicht mehr. Aus der starken, selbstbewussten Anwältin, die ich kenne, ist eine eingeschüchterte Frau geworden. Unfassbar. Was ist mit ihr passiert?

»Und würden Sie uns sagen, wer der Vater Ihres Kindes ist?«

»Jonathan Palmer.« Die Worte fahren mir in den Magen wie ein Fausthieb. Ich schnappe nach Luft und sehe Jonathan an. Meine Augen füllen sich mit Tränen. Die Nacht vor vier Jahren taucht in mir auf. Als ich ihm freudestrahlend sagte, dass ich schwanger sei. Und seine Reaktion darauf. Ich fasse mir an die Brust, weil mein Herz so sehr sticht, als ob ich einen Infarkt bekäme.

»Das ist nicht wahr!«, ruft Jonathan dazwischen und springt von seinem Stuhl auf. »Das ist unmöglich! Ich habe nie …«

»Nun, Mr Palmer. Ich denke, wir können den Scheidungstermin verschieben. Auf einen Zeitpunkt, an dem das Kind von Ms Ashley zur Welt gekommen ist. Ein Vaterschaftstest würde uns allen Gewissheit bringen, nicht wahr? Ist das in Ihrem Interesse?«

Jonathan knirscht hörbar mit den Zähnen. Kristens Lider flattern. Ihre Augen glänzen feucht, und sie legt eine Hand auf ihren Bauch, als wollte sie ihr Baby beschützen. Ich schlucke und versuche, die aufsteigenden Tränen zu verdrängen. Es gelingt mir nicht. Ich sehe Jonathan vor mir, wie er mich von sich stieß. Mich anschrie. Was ich mir dabei denken würde, ohne sein Einverständnis schwanger zu werden? Ich müsste es wegmachen lassen, sonst ließe er sich scheiden und würde dafür sorgen, dass ich meinen Job sofort verlieren würde. Er wollte keine Kinder. Nie. Wir haben vor der Hochzeit nicht darüber gesprochen und auch danach nicht. Erst, als ich schwanger wurde war mir klar, was für ein Fehler das war.

»Stimmt es, dass Sie Ihrer Freundin mich als Scheidungsanwalt empfohlen haben, weil das die Idee von Mr Palmer war? Weil er glaubte, dass wir wieder miteinander ins Bett gehen würden? Das hätte ihm eine enorm große Abfindung erspart, nicht wahr?«

»Ja, das stimmt.« Kristens Stimme bricht. Das Gemurmel im Saal ist jetzt so laut, dass der Richter genervt auf sein Pult klopft.

»Ruhe bitte! Mr Palmer, was haben Sie zu diesen Vorwürfen zu sagen?«

Jonathans Gesichtsfarbe wechselt zwischen rot und blass. Er steht auf und sieht Braden an, dessen Miene ich nicht erkennen kann. Er kehrt mir den Rücken zu.

»Das ist eine infame Intrige. Ersponnen von meiner Ehefrau, um mich zu ruinieren.«

Ich halte die Luft an. Zu geschockt, um etwas zu sagen. Alles Blut weicht mir aus dem Kopf und fließt nach unten, in irgendwelche Körperteile. Meine vermeintlich beste Freundin hatte monatelang eine Affäre mit meinem Mann. Sie weiß alles über mich. Über uns. Jedes Detail. Sie weiß auch, dass Jonathan keine Kinder haben wollte und diese Entscheidung schon vor Jahren fast zur Scheidung geführt hätte, weil er meine Fehlgeburt als positives Zeichen ansah und meinen Schmerz nicht verstand. Jetzt ist sie von meinem Mann schwanger, und ich hatte keine Ahnung.

Ich höre nicht mehr hin, als Braden weitere Beweise anführt. Offenbar hat er Jonathan beschatten lassen und so herausgefunden, dass er eine Beziehung mit Kristen hat. Dann hat er Kristen verfolgt und sie beim Gynäkologen erwischt. Ich kann nicht glauben, was sich da vor meinen Augen entspinnt. Es ist eine Farce. Mein Leben war eine verdammte schlechte Seifenoper! Und Braden wusste davon, ohne mir etwas zu sagen.

Gefühle toben durch meinen Körper. Wut. Enttäuschung. Hass. Mitleid. Irgendwann gelingt es mir, Kristens Blick einzufangen. Ihre Lider flattern, ihre Wangen sind rot. Ich sehe sie nur an, starr. Ich weiß nicht, was ich denken soll. Das ist ganz sicher das Ende unserer Freundschaft, so viel steht fest. Trotzdem bin ich nicht wütend auf sie. Ein kleiner

Teil in mir hat sogar Verständnis für sie. Und immerhin ist sie schwanger. Von Jonathan. Ich höre kaum hin, als der Richter verkündet, das Urteil zu vertagen und es den Parteien schriftlich zukommen zu lassen. Ich spüre nur Bradens Hand, die auf meiner Schulter liegt und mich aus dem Gerichtssaal führt. Ich senke den Blick, weil ich niemandem in die Augen sehen will.

Braden zieht mich durch den langen Flur zu einer schmalen Metalltür, die direkt in die Tiefgarage führt. Draußen vor dem Gerichtsgebäude lauern Paparazzi wie Hyänen, das weiß ich. Ich bin dankbar, dass er mich davor beschützt. Ich fühle mich schwach und winzig. Verletzlich. Und brauche ich ihn mehr denn je.

Braden

Lillys Blick ist starr. Sie sieht aus wie jemand, der unter Schock steht. Nach einem schlimmen Autounfall. Kann ich es ihr verdenken? Natürlich nicht. Behutsam dirigiere ich sie in den Fahrstuhl, der uns nach unten in die Garage bringen wird.

»Ich fahr dich nach Hause. Wenn du willst?«

Sie kaut auf ihrer Lippe. Ihre Finger sind ineinander verschränkt, und sie dreht mir das Profil zu.

»Oder möchtest du zu mir?«, biete ich an. »Ist vielleicht sicherer? Ich weiß nicht, ob du mit Journalisten vor deiner Tür rechnen musst. Die Sache dürfte für Jonathan ein veritabler Skandal werden.«

»Ist gut.«

Verwirrt betrachte ich sie. Ist gut ... Was genau meint sie jetzt damit? Ohne nachzufragen beschließe ich, mit ihr nach Mayfair zu fahren. In mein Haus. Wenn sie will, kann sie bei mir bleiben. Die ganze

Nacht. Ach, Unsinn. Ihr ganzes Leben. Meine Hände zittern, als ich eine Strähne ihres roten Haares aus dem Gesicht streiche und sie vorsichtig hinter ihr Ohr schiebe. Sie weicht nicht zurück.

»Es tut mir leid, Lilly. Ich wollte es dir ersparen, aber …«

»Schon okay.« Sie klingt heiser. »Seit wann wusstest du davon?«

Unsere Schritte hallen zwischen den rauen Wänden der Garage wider. Ihre klein und leise, meine laut und kräftig. Ich betätige die Fernbedienung, und die Lichter des Audi blinken auf. Dann öffne ich ihr die Beifahrertür und warte, bis sie eingestiegen ist. Erst als ich neben ihr sitze, antworte ich.

»Seit ein paar Wochen.«

»Wochen?« Sie dreht sich zur Seite und wirft mir einen Blick zu, während ich den Wagen starte und aus der Tiefgarage dirigiere. Mir wird heiß.

»Du weißt seit Wochen, dass mein Mann mich mit meiner besten Freundin betrügt, und hast mir nichts davon gesagt? Ich quäle mich seit Jahren mit meinem schlechten Gewissen deinetwegen, und du …« Sie hebt beide Arme und lässt sie wieder fallen. Dann schüttelt sie den Kopf. Eine weitere Strähne löst sich aus ihrer Frisur.

»Ich wusste nicht, wie ich es dir sagen sollte, Lilly. Ich wünschte, du hättest es nie erfahren.«

Sie lacht traurig. »Sie war meine beste Freundin. Ich habe ihr alles erzählt. Wirklich alles.« Kopfschüttelnd beißt sie sich auf die Lippe und sieht zur Seite aus dem Fenster. Wir schweigen, während ich den kurzen Weg durch den wie immer dichten Londoner Verkehr nach Mayfair fahre. Dann parke ich den Wagen an der Straße, statt die Garage zu benutzen, und öffne ihr die Tür.

»Hier wohnst du? Schicke Gegend.« Lilly zieht die Nase kraus, als wir auf das alte Reihenhaus zugehen. Damals, vor fünf Jahren, wohnte ich in einer kleinen Wohnung in Chelsea.

»Hinein in die gute Stube«, sage ich an der Tür und zeige mit der Hand in den hellen Flur, der in einem großen Wohnzimmer endet. Lilly sieht sich neugierig um, als sie den Gang entlang auf das Zimmer am Ende zugeht. Ich schließe die Haustür ab und folge ihr. Während sie ihren Blick schweifen lässt, hole ich zwei Drinks aus der Bar. Whisky.

»Ich glaube, den kannst du jetzt gebrauchen.« Lächelnd reiche ich ihr ein Glas, das sie dankbar entgegen nimmt. Sie hält es mit beiden Händen fest, als ob sie sich daran klammern könnte. Von ihrem Ellbogen baumelt die kleine Handtasche, die so grau ist wie das Kostüm, das sie heute trägt. Sie sieht so traurig aus, dass mein Herz sich bei ihrem Anblick verkrampft. Ich möchte sie in den Arm nehmen. Küssen. Sie halten. Ihr Schutz geben. Ihr sagen, dass sie sich auf mich verlassen kann. Dass ich immer für sie da sein werde. Dass ich sie auf Händen tragen werde. Dass ich sie niemals so verletzen werde, wie Jonathan sie verletzt hat. Ich kann nicht. Ich bringe kein Wort davon über die Lippen, weil jedes Wort so wertlos klingt. Ich kann mit Worten nicht ausdrücken, was ich für sie empfinde. Es ist mehr als körperliche Lust, so viel ist sicher. Viel mehr.

»Schönes Haus. Schlicht, aber geschmackvoll. Ein bisschen so wie du.« Sie lächelt und nippt an dem Whisky. Vorsichtig lässt sie sich auf das Ledersofa sinken und sieht sich weiter im Raum um. Mein

Wohnzimmer ist riesig mit sehr hohen Decken, und sie wirkt darin wie eine Puppe.

»Danke. Schön, dass es dir gefällt.«

»Ich weiß so wenig von dir.« Sie sieht mich über den Rand ihres Glases hinweg an. Der Blick aus den grünen Augen ist tief. Ich setze mich neben sie auf das Sofa, lasse nur wenig Platz zwischen uns. Unsere Blicke verhaken sich, ihr Mund öffnet sich ganz leicht. Sie hat kleine, weiße Zähne, mit einem winzigen Überbiss, der aus ihren Lippen einen Kussmund macht. Zwischen meinen Beinen zuckt es erneut. Der verdammte Kerl hat seine eigene Agenda, wenn es um Lilly geht, aber jetzt gerade ist etwas anderes wichtig. Für sie. Für uns.

»Das können wir ändern. Wenn du willst ...«, sage ich leise. Sie nickt und stellt das Glas ab. Als sie sich vorbeugt, sehe ich, dass sie geschwitzt hat. Vorsichtig greife ich nach dem grauen Jackett und ziehe es von ihren Schultern.

»Braden ...«

»Ich weiß. Nicht jetzt. Nicht heute.«

»Gott, ich habe keine Ahnung, was das mit dir ist.« Sie schält sich aus der Jacke und lehnt sich wieder an. Dreht den Kopf zur Seite, um mich anzusehen. »Wenn ich dich ansehe, will ich nur noch eins.«

»Ich hoffe, du willst dasselbe wie ich. Und mir nicht an die Gurgel gehen.« Ich lächle und spüre selbst, dass es gequält wirkt. Lilly spielt an ihrer Handtasche herum, die neben ihr auf dem Sofa liegt.

»Ich habe das Gefühl, fünf Jahre meines Lebens verzockt zu haben«, sagt sie und wendet sich zu mir. Mein Herz rutscht eine Etage tiefer. »Die Nacht damals, vor meiner Hochzeit ... Ich habe sie nie vergessen, Braden. Nie. In all den Jahren nicht. Aber ich konnte die Hochzeit nicht absagen, nur weil ich einen Mann getroffen habe, der meinen Körper in Flammen gesetzt hat. Es wäre unsinnig gewesen. Verrückt. Was soll das für eine Beziehung sein, die nur aus körperlicher Leidenschaft besteht?«

»Eine Beziehung ohne Leidenschaft ist keine Beziehung, Lilly. Das ist Freundschaft. Und ich weiß eines ganz sicher – ich will nicht nur dein Freund sein.«

Langsam strecke ich die Hand nach ihr aus und lege sie ihr in den Nacken. Sie erschauert unter meinem Griff, während ich eine Strähne nach der anderen aus ihrer Spange ziehe und damit spiele. Ihre Haare sind unglaublich weich. Ich kann nicht aufhören, meine Finger darum zu wickeln. Behutsam beuge ich mich vor und rieche an ihr. Rieche ihren Duft, ihr Parfum, ihr Shampoo. Mein Schwanz zuckt, ich werde hart.

»Braden, ich ... ach Gott, vergiss es einfach.« Ihr Mund trifft meinen, unvorbereitet und heftig. Und dann gibt es kein Halten mehr. Ich sinke auf sie, lege mich mit meinem Gewicht auf ihren zierlichen Körper. Halte ihre Hände fest, verschränke meine Finger mit ihren, und küsse sie. Wild. Gierig. Wie zwei Verhungernde, die nicht genug bekommen können von der rettenden Nahrung.

»Ich will dich«, flüstert sie. »Jetzt. Hier.«

»Lilly ... Wenn du wüsstest ...«, raune ich in ihr Ohr. Küsse ihren Hals. Ihre Finger schlingen sich fester um meine, als wollte sie mich festhalten. Ich spreize ihre Beine, schiebe mein Knie dazwischen. Hektisch fängt sie an, an meinem Anzug zu zerren. Schiebt das Sakko von meinen Schultern. Während wir uns weiter küssen, öffnet sie mein Hemd. Knopf für Knopf. Ich öffne den Reißverschluss ihres Rockes, ziehe ihn nach unten über ihre Hüften. Sie trägt keine Strümpfe, nur einen winzigen, seidigen Slip, den ich ebenfalls nach unten schiebe.

»Wir haben Zeit«, sage ich, als ihre Hände an meiner Hose nesteln. »Wir sollten uns Zeit lassen.«

»Ich habe schon viel zu lange gewartet, Braden. Ich will keine Zeit mehr verlieren.«

Ich habe nichts zu erwidern. Zumal mein Schwanz auch keine Zeit verlieren möchte. Ich bin hart wie Stahl, als ich mich aus der Hose quäle und auf dem Sofa knien bleibe. Nackt. Ihre Hände gleiten über meine Brust, spielen mit meinen Brustwarzen.

»Du bist wunderschön«, sagt sie. »Du bist so schön, Braden.«

»Ich liebe dich, Lilly.« Sie zuckt nur kurz zusammen, als die Worte endlich meinen Mund verlassen. »Ich habe mich schon damals in dich verliebt. Unsterblich. In dein Lachen. In deine Augen. Deine roten Haare. Deine Ausgelassenheit. Deine Leidenschaft. Fünf Jahre lang habe ich von dir geträumt, mir vorgestellt wie es wäre, wenn wir uns wiedersehen würden. Und jetzt ...«

Ich vergrabe das Gesicht an ihrem Hals, während ich ihre Bluse aufknöpfe. Sie ist warm, meine Hände sind heiß, als ich ihre Brüste berühre. Sie hilft mir, den BH zu öffnen, und dann sind wir beide nackt. Zum ersten Mal seit damals kann ich sie ansehen, und niemand hetzt uns. Niemand hindert uns daran.

»Kein schlechtes Gewissen diesmal«, murmelt sie gegen meine Lippen, bevor ich sie erneut küsse. Ich schmecke ihre Lust, spüre ihren Herzschlag in ihren Brüsten, die sie fest gegen mich presst.

»Ich habe nicht eine Sekunde bereut«, sage ich ernst und sehe ihr in die Augen. »Nicht eine einzige Sekunde.«

»Ich auch nicht.« Ich reibe meine Härte an ihrer Mitte. Sie ist feucht. Sehr feucht. Ihre Augen glänzen fiebrig. Dann legt sie ihre Hände auf meinen Hintern und ich folge ihrem Druck. Senke meine Hüften, bis ich die warme, nasse Höhle an meiner Spitze spüre. Mein Schwanz zittert, ich bin so unfassbar hart.

»Komm, Braden«, flüstert sie und beißt mir in die Schulter. »Komm.«

Und dann bin ich in ihr. Mit einem tiefen, langsamen Stoß, der mir ein heiseres Stöhnen entlockt. Eine winzige Träne drängt sich aus ihrem Auge. Ihr Gesicht ist so wunderschön in diesem Moment. Sie lässt sich fallen, als ich ganz in ihr bin. Ihre Muskeln sich um mich herum zusammenziehen.

»Verdammt, Lilly ...«, keuche ich noch, bevor ich zustoße. Kräftig. Schnell. Tief. Flach. Langsam. Schneller. Ohne darüber nachzudenken. Unsere Lippen finden sich, sie krallt die Nägel in meinen Rücken, während ich sie nehme. Stöhnt in meinen Mund. Ich bin wie ein Tier, höre auf zu denken. Verliere mich in ihren Augen, in ihrem schönen Gesicht. Greife mit den Händen in ihr Haar und halte sie fest. Und dann spüre ich, dass sie kommt. Spüre das feine Zucken und Pulsieren tief in ihr, das mich mitreißt. Stöhnend lasse ich ebenfalls los und ergieße mich in ihr. Heiß und pochend. Es wird der längste Höhepunkt, an den ich mich erinnern kann. Wir küssen uns, während wir gemeinsam kommen, unsere Körper so eng miteinander verschlungen, als ob wir nur einen hätten.

»Ich liebe dich«, sage ich leise, als sie endlich aufhört, unter mir zu zucken. Ihre Augen schwimmen in Tränen, aber sie sieht glücklich aus, als sie meinen letzten Kuss erwidert.

Lilly

Er ist so schön. Wir sind nach dem ersten Mal in sein Schlafzimmer umgezogen, jetzt liegen wir nackt nebeneinander in seinem riesigen Bett und er schläft. Draußen ist es dunkel geworden, ich habe kein Zeitgefühl mehr. Mein Magen knurrt, aber ich habe keinen Appetit. Ich fühle mich wund zwischen den Beinen. Alles ist gut. Es war wie eine Erlösung. Wie etwas, das sich jahrelang aufgestaut hatte und nun endlich befreit wurde. Wieder brennen meine Augen, als ich ihn ansehe. Ich komme mir vor wie ein Psychopath, weil ich einfach nur hier liege und ihn bewundere. Das Grübchen neben seiner Lippe. Das markante Kinn, das inzwischen ein leichter Schatten ziert. Mein Unterleib zieht sich zusammen als ich daran denke, wie sich sein raues Kinn zwischen meinen Schenkeln angefühlt hat. Mein Herz klopft schneller, wenn ich ihn auch nur anschaue. Es ist verrückt. Es ist wahnsinnig. Noch nie zuvor hat mein Körper so auf einen Mann reagiert. Auf überhaupt irgendwen.

Das Glück ist stark. So stark, dass sogar mein Schmerz wegen Jonathan und Kristen keine große Rolle mehr spielt. Ist es nicht gut, dass ich mich so fühle? Neben ihm? Nur, weil er da ist? Es sollte mir Angst machen, dass ein Mann so eine Wirkung auf mich hat, doch das tut es nicht. Ganz und gar nicht. Wenn Glück sich so anfühlt, will ich es festhalten. Für immer.

»Bin ich eingeschlafen?« Braden öffnet ein Auge und verzieht den Mund. Ich lache.

»Bist du. Filmreif.«

»Tut mir leid. Ich hatte befürchtet, nie wieder neben dir einschlafen zu können. Weil ich Angst hatte, dass du wieder verschwinden würdest. Aber die Sorge war offensichtlich unbegründet.« Er streckt beide Arme nach mir aus und zieht mich auf sich. Ich spüre seinen nackten, warmen Körper unter mir. Seine Muskeln. Seine Stärke. Und diese unglaubliche Ruhe, die er ausstrahlt und die sich auf mich überträgt. Mit klopfendem Herzen lege ich meinen Kopf auf seine Brust und sehe ihn von unten herauf an. Er gähnt, ohne die Hand vorzuhalten. Dann legt er eine Hand auf meinen Hintern.

»Es war schön, dich zu beobachten. Du sahst so friedlich aus.«

»Das klingt etwas verrückt, dass du mich im Schlaf beobachtet hast.« Braden zieht eine Braue hoch und hebt den Kopf an, um mir in die Augen zu sehen. Ein warmes Gefühl zieht durch meinen Bauch, als sich unsere Blicke treffen.

»Das war der verrückteste Tag meines Lebens heute. Was erwartest du also von mir?«

Er lacht leise. »Okay, das kann ich mir vorstellen. Geht es dir gut inzwischen?«

Ich seufze. »Es könnte mir nicht besser gehen«, antworte ich, und es ist wahr. Es ist erst wenige Stunden her, dass mein bisheriges Leben zusammengebrochen ist, aber es fühlt sich an, als läge es schon Jahre zurück. Zeit heilt alle Wunden, sagt man. In diesem Fall spielt die Zeit wohl für mich, denn sie scheint sich auf eine seltsame Weise zu dehnen.

»Was ist damals passiert? Vor vier Jahren?« Braden dreht sich auf die Seite und stützt sein Kinn in eine Hand. Ein Gefühl, als ob jemand mein Herz in einer Faust zusammendrückt.

»Ist es nicht egal?«, frage ich. »Du musst doch nicht alles wissen. Es genügt doch, dass ich ...«

»Du warst schwanger. Richtig?«

Ich zucke erschrocken zusammen und reiße die Augen auf. »Woher weißt du das?«, frage ich fast tonlos. Mein Herz rast. Braden zuckt die Achseln und sieht mir fest in die Augen.

»Sagen wir so ... mein siebter Sinn hat mich bisher selten getrogen.«

»Es stimmt«, antworte ich schließlich. »Ich war schwanger. Ein Jahr nach unserer Hochzeit. Ich war so glücklich darüber und habe mich gefreut, es Jonathan zu sagen. Aber er hat so ganz anders reagiert, als ich gehofft hatte. Im fünften Monat riss meine Fruchtblase und ich hatte eine Fehlgeburt. Es war ein kleines Mädchen, ich habe sie Kristen genannt.« Meine Augen werden heiß. »Sie kam tot zur Welt. Ich durfte sie sehen, aber ich wollte nicht. Ich konnte es nicht. Jonathan war nicht bei mir im Krankenhaus. Er hat gearbeitet. Und als ich nach

Hause kam, hat er nur gelächelt, mich in den Arm genommen und gesagt, dass es besser so wäre. Das Schicksal wüsste schon, warum es das getan hätte, und er wäre froh darüber. Da ist etwas in mir zerbrochen. Etwas, von dem ich dachte, dass wir es gehabt hätten. In Wahrheit ... hatten wir es nie. Überhaupt nie.«

Jetzt werden meine Wangen feucht. Braden streicht mit dem Daumen über mein Gesicht. Seine Lider flattern.

»Das ist schrecklich, Lilly. Es muss sehr schlimm gewesen sein.«

Ich nicke. »Ja, das war es. Für Jonathan war alles gut. Er hatte mir drei Monate lang Vorwürfe gemacht, weil ich die Pille vergessen hatte. Dann hat er behauptet, ich hätte das mit Absicht getan, um ihn reinzulegen. Wir waren verheiratet! Ich war jung und gesund und ich wollte Kinder. Immer. Aber er wollte keine. Ich habe mir jahrelang eingeredet, dass die Fehlgeburt die Strafe für meinen Fehltritt war. Für die Nacht damals ... mit dir.«

Braden sieht mich an. Seine Augen sind dunkel. Ich lasse einen Finger über seine Konturen wandern und zeichne sie nach. Die vollen Lippen. Sein Kinn. Seine Wangenknochen.

»Es war Unsinn, das weiß ich jetzt. Auch wenn ich immer noch nicht weiß, was damals eigentlich passiert ist. Ich bin zu vernünftig, um an so was zu glauben.«

»Es war Anziehungskraft«, sagt Braden leise und hält meinen Zeigefinger fest, der gerade seine Oberlippe gekitzelt hat. Dann küsst er ihn und beugt sich weiter vor zu mir. »Leidenschaft. Ich habe dich gesehen, und ich wollte dich. Sofort. Ich hätte nicht gehen können, ohne dich zu haben. Und jetzt, meine Schöne ...« Er küsst meinen Hals, und ich erschauere. »Jetzt habe ich dich. Und ich werde dich nie wieder loslassen, weil ich mir sicher bin, dass aus dieser Leidenschaft Liebe wird.«

»Das ist gut«, flüstere ich und ziehe ihn weiter zu mir runter, bis er auf mir liegt und ich seinen Atem spüre. Ein enormes Kribbeln geht durch meinen Körper. Meine Zehen verkrampfen sich, als ich ihn auf mir fühle. Wo er hingehört. »Ich werde nämlich auch nicht wieder weggehen.«

»Umso besser. Ich habe nämlich vor, dir ein Kind zu machen. Am liebsten jetzt gleich.«

Ich lache laut auf, als er mich kitzelt. »Ich nehme die Pille«, stoße ich kichernd hervor. »Du müsstest ein Zauberer sein, um ...«

»Keine Sorge«, raunt er heiser in mein Ohr und knabbert an meinem Ohrläppchen. Die Berührung schickt kleine Blitze in meinen Unterleib. »Ich werde dir schon beweisen, welche Zaubertricks ich drauf habe.«

Und das tut er. Die ganze Nacht lang ...

***

Liebe Leserin, lieber Leser,

ich danke Ihnen, dass Sie mir Ihr Vertrauen geschenkt und eines meiner Bücher erworben haben. Ich hoffe, die kleine Novelle von Braden und Lilly hat Ihnen gefallen. Wenn dem so ist, würden Sie mir mit einer kurzen Rezension einen großen Gefallen tun, da ich als selbst verlegende Autorin auf die Unterstützung meiner Leser angewiesen bin. Und Ihre Empfehlung ist für mögliche weitere Leser eine wichtige Hilfe.

Gern können Sie mir auch eine E-Mail oder Nachricht schicken und mir Ihre Meinung zu der Geschichte mitteilen. Ich freue mich immer sehr über Feedback von LeserInnen und beantworte jede Nachricht!

Sie erreichen mich über meine Webseite

www.katelynfaith.de

oder via Facebook

www.facebook.com/autorinkatelynfaith

Zu dieser Novelle hat mich die Musik von *Hooverphonic* inspiriert, von denen ich Ihnen besonders das Album »With Orchestra« ans Herz legen möchte. Romantische, sinnliche Musik, nicht nur für gemütliche Lesestunden geeignet.

Ihr Feedback ist mir sehr wichtig, denn schließlich schreibe ich für Sie - meine Leser. Ohne Sie könnte ich zwar trotzdem schreiben, aber ganz ehrlich …? Es macht viel mehr Spaß, wenn man weiß, dass das fertige Werk am Ende gelesen wird. Und vielleicht sogar dem einen oder anderen Leser den Tag versüßt hat. Das ist die beste und schönste Motivation, die man sich als Autorin wünschen kann.

Falls Sie die Geschichte mochten, werfen Sie doch einen Blick in meine anderen Romane. Vielleicht treffen sie ja auch Ihren Geschmack?

Alles Liebe

Katelyn Faith

KATELYN FAITH
rororo
Gefährliche
Verlockung
ROMAN

Gefährliche Verlockung

Der ebook-Bestseller 2013. Über 150.000 verkaufte ebooks! Platz 5 in der Kategorie Erotik beim Lovelybooks-Leserpreis 2013.

Die Taschenbuchausgabe erschien im Juli 2013 im Rowohlt-Verlag.

Reich, unverschämt und unverschämt gut aussehend – dieser Mann ist Gift. Emmas Herz bleibt beinahe stehen, als sie auf einer Auktion das lange verschollene Halsband ihrer Urgroßmutter sieht. Sie muss es haben! Doch frecherweise wird sie von jemandem überboten, dem Geld völlig egal zu sein scheint. Und wer hat ihr das Andenken vor der Nase weggeschnappt? Ausgerechnet Jason Hall, ihr ehemaliger Highschool-Schwarm. Leider sieht Jason noch immer so gut aus wie damals, und zu Emmas Entsetzen macht er ihr ein unmoralisches Angebot, wie sie das Schmuckstück zurückerobern kann. Emma weiß: Wenn sie bei Verstand bleiben will, sollte sie sich besser von Jason fernhalten. Aber kann sie etwas gegen seine Anziehungskraft ausrichten?

368 Seiten, ebook für nur 3,99 Euro überall erhältlich, wo es ebooks gibt

Fesselnde Liebe 1+2

Platz 1 der Kindle-Charts bei Amazon!

Gwendolyn Hamlin liebt Literatur und verabscheut Schund. Als sie auf der Buchmesse über das Lieblingsbuch ihrer besten Freundin lästert, wird sie dabei von keinem Geringeren als Adrian Moore, dem Autor des Bestsellers, belauscht. Zu ihrem Entsetzen unterbreitet er ihr später ein Angebot, das die vernünftige Gwen unmöglich ablehnen kann. Doch schon bald stellt sie fest, dass sich hinter der attraktiven Fassade des Künstlers Geheimnisse verbergen, die sie erschauern lassen ... Wird sie seiner charismatischen Anziehungskraft widerstehen können?

Teil 1 und Teil 2 sind überall erhältlich, wo es Bücher / ebooks gibt.

3,99 Euro (ebook)

Leserstimmen:

Der intelligente, humorvolle und auch sehr tiefsinnige Ton des Buches hat mich völlig mitgerissen" (N.B.)

"Toll geschrieben, erregend und sinnlich und mit Wahrheiten über die nachzudenken lohnt." (CaS)

"Für mich die passende Mischung aus Liebe, Erotik und Humor." (missypepermint)

Unsichtbare Fesseln

Erscheint im Juli 2014 im Rowohlt-Verlag

Ella liebt Zahlen und Listen und ihr ruhiges Leben – das jedoch durch den neuen Nachbarn Dave empfindlich gestört wird. Der tätowierte Indie-Musiker raubt ihr nämlich nachts mit lautstarken Affären Schlaf und Nerven! Dafür scheint er sich im Gegensatz zu dem spröden Mathegenie bestens mit Sex auszukennen und kann ihr vielleicht helfen, endlich ihren IT-Kollegen Sean für sich zu interessieren? Aber seine Ratschläge haben folgenschwere Auswirkungen, nicht nur auf Ella ...

www.katelynfaith.de

5711423R00101

Printed in Germany
by Amazon Distribution
GmbH, Leipzig